KB114172

내일을 향해 쏴라

김형석 장편 소설

FUSION FANTASTIC STORY

내일을 향해 쏴라 8

김형석 장편 소설

초판 1쇄 찍은 날 § 2014년 12월 26일
초판 1쇄 펴낸 날 § 2015년 1월 2일

지은이 § 김형석
펴낸이 § 서경석

편집부장 § 권태완
편집책임 § 박가연

펴낸곳 § 도서출판 청어람
등록번호 § 제387-1999-000006호
등록일자 § 1999. 5. 31
어람번호 § 제1-2016호

주소 § 경기도 부천시 원미구 부일로 483번길 40 서경B/D 3F (우) 420-822
전화 § 032-656-4452 팩스 § 032-656-4453
http://www.chungeoram.com
E-mail § chungeorambook@daum.net

ISBN 979-11-04-90046-4 04810
ISBN 979-11-316-9142-7 (세트)

내일을 향해 쏴라

8

김형석 장편 소설

FUSION FANTASTIC STORY

Contents

Chapter 1

1

"……."

객실의 침대에 누운 수는 곤이 눈을 감고 있다. 가끔 새근
거리는 숨소리만 들릴 뿐 미동도 없다. 누가 봐도 잠이 들었
다고 볼 것이다.

아니다.

수는 잠이 들지 않았다.

정확히 말하면 잠을 이루지 못했다.

"하아."

결국 침대에서 나와 호텔에 비치된 간이 냉장고에서 생수

한 통을 꺼내 벌컥벌컥 들이켰다.

갈증이 좀 가시면 좋겠건만 더 심해진 기분이다.

힐끗.

시간을 보니 새벽 2시를 가리키고 있다. 동시에 한숨도 나온다.

"자야 하는데."

내일도 아침 9시 30분부터 진성화재배 8강전 대국이 있다.

그것도 대한민국 최고 기사의 반열에 오른 원성진 4단이 상대다.

최상의 집중력을 유지하기 위해선 컨디션 관리가 필수다. 그러자면 얼른 잠에 들어 숙면을 취해야만 한다.

다시 침대에 누웠다.

부스럭부스럭.

몇 번이고 몸을 뒤척이며 억지로 잠을 청하려고 했지만 헛수고다.

그래.

수는 뜬눈으로 밤을 지새우고 있었다.

그 이유는 아까 저녁에 호텔 수영장에서 있었던 고은은과의 일 때문이다.

"모르겠어. 아무것도 이해가 안 가."

수는 도무지 종잡을 수가 없었다.

불과 어제까지만 하더라도 두 사람은 오래된 연인처럼 친근하고 가까운 관계를 유지했다.

썸.

이성 친구를 사귀는 건 아니지만, 사귀려고 관계를 가져 나아가는 단계를 일컫는 신종어에 딱 부합하는 그런 사이였다.

그랬는데, 하루아침에 끝나고 말았다.

다시는 되돌리기 어려울 만큼 관계는 파장으로 번져 버렸다.

"······납득이 되지 않아. 그간 주고받았던 이 많은 문자메시지는 뭔데?"

수는 휴대전화 문자메시지 대화 내용을 쭉 내려보며 할 말을 잃고 말았다.

단순히 친구라기 보기엔 서로에 대해 많은 걸 궁금해하고, 알고 싶어 했다.

별거 아닌 일에 서로 웃음이 끊이지 않는다. 문자메시지 간격만 보더라도 서로가 서로에게 호감이 있어 함이 느껴진다.

"그만두자. 더는 신경 써봐야 달라질 거 없어. 잠이나 자자."

억지로 이불을 목까지 끌어 덮고는 잠을 청했다.

온종일 집중해서 천예오예 3단을 상대했던지라, 몸은 꽤 피로하고 노곤했다.

하지만 정신이 또렷했다. 좀처럼 끈을 놓지 않고 오히려 더 선명해진다.

이불을 머리끝까지 끌어당겨서 덮었다.

머리를 비우려고 노력을 할수록 의문만 꼬리에 꼬리를 물었다.

"왜 나한테 그런 잔인한 말을 한 거지? 굳이 그럴 필요까지는 없었잖아?"

오늘의 고은은은 어딘가 좀 달라 보였다.

아침에 16강을 치르기 위해 홀에 들어설 때부터 표정이 좋지 않았다.

무슨 일이 있었던가?

그럴 수 있다.

하지만 말을 하지 않으면 수는 알 길이 없다.

아니, 흐트러진 감정이 평소에 냉정하고 이성적인 머리를 어지럽혔다.

"공원에서 내가 본 건 어떻게 설명을 해야 하지? 정말로 날 가지고 논 건가?"

공원 벤치에서 서로 머리를 기대고 있던 천예오예 3단과 고은은이 떠올랐다. 고은은의 어깨를 감싸고 있던 천예오예 3단과 가만히 그의 품에 안겨 있던 고은은의 모습이 아직도 머리에서 잊히지가 않는다.

"설마 두 사람이? 아니야. 그건 아닐 거야."

인간의 상상력은 참 무섭다.

고백을 했다가 거절당했다는 이유로 이런저런 망상이 다 떠오르는 걸 보니까.

"그만하자, 그만. 지저분하게 뭐하는 짓인데? 이건 아주 사소한 일이야. 내일 대국을 위해 자자. 억지로라도 자야 해."

수는 더 의구심을 품다간 끝이 날 것 같지 않았다.

목표로 했던 8강에 진출해 입단에는 성공했지만 여기서 멈추고 싶진 않았다.

대한민국 최고 기사로 손꼽히는 원성진 4단과 후회가 남지 않는 승부를 겨루고 싶었다.

그러자면 자야 한다.

조금이라도 컨디션을 회복해야만 한다.

그런데.

"……."

잠이 오지 않는다.

미칠 만큼.

돌아버릴 만큼.

수는 끝끝내 밤새 잠을 이루지 못했다.

2

내일 오전에 한국 청주공항에서 중국으로 오는 비행기표 예약
해 뒀다. 저녁에 양가 부모님들도 같이 모이기로 했으니 늦지 않게
오거라.

고은은의 낮은 흐느낌이 멈추질 않는다.

예상했던 대로다.

이미 양가 집안에서 많은 이야기가 오갔다.

해가 밝고 인사가 끝나면 구체적인 날짜가 잡힐 것이다.

더 이상 그녀에게 빠져나갈 구멍은 없다.

"……."

아버지 리밍에게서 온 휴대전화 문자메시지를 보는 고은
은의 눈동자엔 초점이 없었다.

새벽 4시가 넘어가는 시각.

정적만이 가득한 깜깜한 객실 안, 휴대전화를 꼭 손에 쥔
채 수와 주고받았던 문자메시지를 쭉 훑어보던 그녀가 흐느
꼈다.

"미안해요. 이러려고 했던 건 아닌데……."

차마 하지 못했던 말을 고은은이 반복적으로 읊조리며 울
었다.

"상처받았으면 어떻게 하지, 수 씨? 겨우 내가 뭐라고, 나

때문에."

돌이켜 봐도 너무 잔인한 말을 해버렸다.

안다.

정식으로 교제를 하지는 않았지만, 이미 서로에 대한 감정이 커질 대로 커져 버린지라 이런 모진 말이 아니면 억지로 헤어지기가 쉽지 않았을 거다.

엄밀히 말하자면 그녀 자신을 위해서 그런 말을 서슴지 않았다.

"이렇게라도 하지 않으면, 저 못 갈 거 같았어요. 그래서……."

참 이기적인 거 안다.

알지만, 그러지 않았다면 수에게 매달릴 것 같았다.

가기 싫다고.

그러니까 잡아달라고.

그런 무책임하고 나약한 마음이 들까 두려워, 더 모질게 말한 걸지도 모른다.

그로 인해 수에게 많은 상처를 주고 많았다.

"나 때문에…… 내일 대국에도 영향을 끼치면 어쩌지?"

고은은은 무릎을 당겨 사이에 얼굴을 파묻었다.

마음이 꽉 막힌 듯 답답하다. 작게 쥔 주먹으로 가슴을 두드려도 소용이 없다. 그럴수록 송곳으로 후벼 파는 듯한 아픔이다.

"아파…… 여기가 너무 아파."

숨을 못 쉴 듯이 아프다.

수에게 한 모진 말들이 주었을 상처를 알기에 차마 그에게 어떤 말도 더 할 수 없었다.

하지만 어째서인지 수를 상처 낸 말들이 그녀에게 두 배, 아니, 세 배 이상의 고통을 주고 있었다.

"미안, 미안…… 미안해요."

전해지지 않을 사과만이 그녀의 입안을 맴돈다.

3

"이따가 떠난다니?"

밤새 고은은의 걱정으로 잠을 이루지 못하던 또 한 사람, 천예오예 3단이 아침 일찍 그녀를 찾아가 들은 얘기는 충격적이었다.

"양가 이야기가 내가 생각했던 것보다 더 진행이 된 거 같아. 어디로 튈지도 모르고, 한 살이라도 더 먹기 전에 시집보내려나 봐."

"……."

객실 안, 거울 앞에 앉아 화장을 하는 고은은의 목소리는 담담했다.

아니, 밤새 모든 걸 잊고 체념을 했기에 무심히 말을 할 수 있는 건지도 모른다.

"그래서 어쩌려고? 가려고?"

"가야지. 방법이 없으니까."

"너……."

자포자기한 고은은을 바라보던 천예오예 3단은 보이지 않게 주먹을 꽉 말아 쥐었다.

8강 진출에 실패한 탈락자들도 오늘 하루를 더 묵고 내일 아침 비행기가 예약되어 있다.

고작 하루면 돌아갈 것임에도 고은은의 부모는 그 시간조차 용납하지 않았다. 그만큼 일이 빠르게 진행되고 있다는 의미다.

'제길, 이대로 손 놓고 보기만 해야 하나?'

이런 상황에서 아무런 위로나 도움도 되지 못하는 스스로가 한심하고 비감스러웠다.

"가지 마."

"안 가면? 방법이 없어. 내 숨통을 조이고, 팔다리를 자르실 분들이야."

"그래도 이건 아니잖아!"

"아니지. 아닌데도…… 가야겠지. 그게 우리 엄마아빠의

딸로 태어난 죄야."

"한 번만 다시 생각해."

고은은이 고개를 저었다.

"돈 많은 부모 만나서 남보다 많이 누리고 살았어. 그 값 치르는 거야, 나."

"……."

고은은에게서 더 이상의 생기는 느껴지지 않는다.

이전의 그녀는 자유연애를 추구하고 부모에게서 벗어나 독립적인 인생을 살고자 부단히 애를 썼다.

그런데 이젠 아니다.

모든 걸 받아들이고, 승복하려고 들었다.

"다 됐네."

고은은이 파우더를 내려놓고는 거울을 보면서 웃었다. 초 췌함이 물씬 풍겼지만 독보적인 미색은 감출 길이 없었다.

"나 예쁘지?"

"어, 예뻐."

"그 사람한테도 예쁘게 기억되면 좋겠다."

"……."

천예오예 3단이 입술을 깨물었다. 어찌나 세게 깨물었던지 피 맛이 입안 가득 퍼졌다.

많은 생각이 교차한다.

지금 이 순간 곁을 지키는 그가 아니라, 수를 생각하는 그녀가 야속했다.

또 질투도 났다.

하지만 더 화가 나는 건, 아무런 도움도 줄 수 없는 지금의 그다.

"이제 슬슬 가야겠다."

"청주공항까진 어떻게 가려고?"

"호텔 측에 택시 불러달라고 했어."

"너……."

천예오예 3단은 말이 나오지 않는다.

이미 그녀는 떠나기로 마음을 굳힌 것이다.

한 번 더 설득을 하고자 말을 꺼내려고 하다가 입을 다물었다.

친구.

딱 친구로서 그녀를 만류할 수 있는 선은 거기까지였다.

끼익!

객실을 앞장서서 나서는 고은은을 따라서 천예오예 3단이 캐리어를 끌고 함께 로비로 내려왔다.

프론트로 가 체크아웃을 끝낸 고은은이 다가와 웃으며 말했다.

"먼저 갈게. 상해서 봐."

"……."

천예오예 3단은 가슴이 싸해지는 기분을 받았다.

'기분이 왜 이러지?'

영영 못 보게 되는 것도 아니다.

오늘 선을 무사히 보게 되면 다시 상해기원에서 만날 수가
있다.

그럼에도 불구하고 마음이 심란하기 짝이 없는 이유는 고
백조차 못 해본 채 품고 있었던 짝사랑의 종결이기 때문이다.

"밖에 택시 대기 중이지?"

"어? 어."

"내가 옮겨줄게."

천예오예 3단은 조금이라도 더 함께 있고 배웅을 하고파
캐리어를 끌고 호텔 밖으로 나섰다.

'마지막으로 봤으면 했는데…….'

고은은이 호텔을 나서며 수를 떠올렸다.

이기적일지 모르지만, 우연이라도 수와 마주치기를 기대
했다.

서로의 얼굴을 대면한다는 게 얼마나 불편하고, 상처를 더
키우는 일인지 뻔히 알았으나 그래도 보고 싶은 마음은 어쩔
수가 없었다.

잠시간이 흘렀다.

먼저 나갔던 천예오예 3단이 손짓을 한다.

한 번이라도 더 보고 싶었던 바람은 이루어지지 않았다.

"바보같이…… 드라마도 아니고. 난 뭘 기대한 거야?"

아쉬움을 뒤로하고 고은은이 몸을 돌리려던 때다.

"……!"

진성화재배 8강 대국을 앞두고 로비로 내려온 수와 시선이 딱 마주쳤다.

간절히 보기를 기도했지만 막상 마주하니 어떤 표정을 지어야 할지 감이 오지 않았다.

너무 반가운데, 그보다 더 당황스럽고 미안한 마음이 앞섰다.

휙!

수는 눈이 마주쳤지만 무시를 하며 고개를 돌려 버렸다.

"……."

매정하기 짝이 없는 무시에 고은은이 아무런 표정 변화가 없었다.

눈시울이 붉어지는 걸 이 악물고 억지로 참는 것이다.

'이거면 된 거야.'

고은은이 슬프게 웃었다.

마지막으로 수를 보았으니 됐다.

뜨거운 사랑을 한 건 아니지만, 많이 좋아했었다고 말하고 싶었다.

차마 전하지는 못했지만.

호텔 밖에 서 있던 천예오예 3단이 재촉했다.

"거기 서서 안 오고 뭐해?"

"지금 가."

마지막으로 멀어지는 수의 뒷모습을 눈에 담은 그녀가 몸을 돌려 호텔을 나섰다.

'안녕, 수 씨.'

영원한 작별이다.

4

'왜 아침부터 단장을 한 거지? 중국 기사들의 귀국 일정은 내일 아닌가?'

수가 알기로 8강에 진출을 했든 못 했든 내일 같은 비행기로 귀국을 하는 걸로 알고 있었다.

그런데 세련된 원피스 차림에 우아한 구두까지 신고 옅은 화장을 끝낸 고은은을 아침부터 마주쳤으니 의아할 수밖에 없었다.

'어디 구경이라도 가려나 보지. 천예오예하고 같이 있던 거 같으니까.'

수는 호텔 문 밖에 서서 기다리는 천예오에 3단을 보았다.

어제 벤치에서 부둥켜안고 있었던 모습도 그렇고 오해하기에 충분한 상황이었다.

그제야 풀리지 않던 수수께끼의 일부가 풀린 것 같았다.

'난 어장관리를 당한 건가?'

어제 있었던 포옹과 이른 아침부터 함께 호텔을 나서는 것만 보더라도 두 사람의 관계가 심상치 않아 보이는 게 사실이다.

오래 알고 지낸 친구라고 했지만 그보다 좀 더 깊이 서로를 알아가는 과정이라고 비쳤다.

'왜 천예오예가 날 싫어했는지도 알 것 같아. 자꾸 내가 집적거리는 걸로 비치지 않았을까?'

퍼즐의 조각조각이 맞춰질수록 수는 한심해서 견딜 수가 없었다.

결국은 고은은의 어장관리에 놀아난 꼴밖에 되지 않은 것이다.

'남자 망신은 내가 다 시키는군.'

절로 쓴웃음이 흘러나왔다.

"……."

수는 대국이 치러지는 홀로 들어서기 직전에 몸을 돌려 뒤를 쳐다봤다.

저 멀리 호텔 밖을 나서는 고은은의 뒤태가 보인다.

바보 같은 놈.

실컷 어장관리를 당해놓고도 수는 미련이 남은 듯 한동안 시선을 떼지 못하다가 다시 몸을 돌렸다.

이미 대국을 앞두고 소파에 앉아 이미지 트레이닝을 하던 원성진 4단이 인사를 했다.

"오셨구먼. 컨디션은?"

"나쁘지 않아요."

수가 어색하게 웃으며 그리 대꾸했다.

어제 한숨도 자지 못해서 초췌하기 그지없는 표정을 둔감한 원성진 4단은 알아채지 못했다.

"공식전의 첫 맞대결이죠?"

"그러네요."

심드렁한 수의 대답에 원성진 4단이 살짝 상기된 투로 말했다.

"나 있죠, 심장이 지금 엄청 뛰고 있어요. 첫 타이틀을 따낼 때도 이런 설렘이 없었는데, 참 신기하죠?"

"전 잘 이해가……."

"우린 앞으로 많은 대국을 두게 될 거예요. 리그니, 기전이니…… 시합은 다르겠지만 서로가 서로의 앞길을 막아서려고 하겠죠."

"······."

"그 전초전이에요. 시작의 경종을 알리는 대국인만큼 꼭 이겨야겠어요."

미소를 띠며 말하고 있지만, 그 진지함은 진짜다.

수는 그의 인정에 기쁜 한편, 처음으로 두려움을 느꼈다.

늘 장난스런 농담을 입에 달고 사는 그지만 바둑판 앞에 앉으면 다른 사람이 된다고들 한다.

원성진 4단의 별명은 신산(神算)이다.

신산이란 신통한 계책이란 의미로 한 판 바둑의 초반 포석, 중반의 전투, 후반의 끝내기까지 이어지는 계가 실력이 거의 신의 경지에 이르렀단 의미다.

기풍을 떠나서 유일하게 현존하는 바둑 선수 중 완전무결한 선수로 평가를 받는다.

그만큼 그의 바둑은 막강하다.

천예오예 3단이 투신이란 별명을 얻으며 세계기전에서 승승장구를 하고 있으나, 원성진 4단의 벽에 막혀 작년과 재작년에 탈락한 기전이 무려 두 개다.

각종 기전과 리그를 겸하느라 원성진 4단이 참가하지 못한 기전에선 천예오예 3단이 두각을 나타내고 우승을 차지했으나, 원성진 4단이 없는 곳에서의 승리이기에 평가절하당하는 기색도 없지 않아 있다.

'날 라이벌로 인정했어. 신산이라 평가받는 원성진 4단
이.'

그 자체만으로도 수에겐 영광이나 다름이 없다.

비록 나이 차이는 몇 살 나지 않지만 원성진 4단이 걸어온
길과 업적은 감히 수가 엄두도 내지 못할 만큼 위대하다.

'지금의 내가 이길 수 있을까?

변명으로 들릴 수도 있지만 지금 수의 컨디션은 최악이다.

대국에 들어가면 집중하겠지만, 당장 머릿속에는 고은은
과 관련된 일들이 가득 차 복잡하기 그지없다.

또 밤새 한숨도 자지 못해 체력도 많이 떨어져 있는 게 사
실이다.

기전 특성상 대부분이 장고 바둑이어서 평균 대국이 네 시
간에 이른다.

집중력은 곧 체력이란 말처럼 이런 악조건 속에서 버텨낼
수 있을지 자신이 없었다.

'늘 완벽할 순 없어. 이런 상황을 초래한 것도 내 잘못이
야. 최선을 다해서 맞선다.'

수는 흔들리는 마음가짐을 조금이라도 다잡았다.

원성진 4단과 마찬가지로 소파에 앉아 명상에 들었다. 눈
을 감고 반복적으로 심호흡을 하는 것만으로도 긴장이 풀리
기 때문이다.

툭툭.

누군가 수의 어깨를 건드렸다.

대국을 앞두고 촬영 스태프들이 오가다 건든 게 아닌가 싶어 무시했다.

"이수 씨."

명확하게 이름을 부르는 소리에 눈을 뜨고 고개를 들었다.

눈앞에 굳은 얼굴의 천예오예 3단이 서 있었다.

그는 다른 대국자들에게 방해가 될까 우려한 듯 말 대신 검지로 홀 밖을 가리키며 잠시 따라 나오라는 시늉을 했다.

'왜 날 부르는 거지?'

수가 인상을 팍 썼다.

겨우 잡념을 내쫓고 집중력을 한껏 끌어 올렸다. 그런데 생각지도 못한 불청객이 끼어드는 바람에 지금까지 들인 공이 다 무산되고 말았다.

짜증이 치민 수가 신경질적으로 따라나섰다.

홀을 나온 뒤 복도를 걸어 모퉁이를 돌자 한적한 창가가 나왔다.

천예오예 3단은 그 창가 앞에 서 있었다.

"왜 불렀죠?"

짜증이 물씬 배어 나오는 목소리다. 안 그래도 중국어 자체가 톤이 높은지라 그러한 신경질적인 감정이 더욱 격하게 묻어 나왔다.

사실 마주해서 좋은 사이도 아니고.

"매우 화가 난 말투군요."

"상냥하게 말할 사이는 아닌 거 같은데."

"그것도 맞는 말이네."

수의 미간에 주름이 잡혔다.

곧 있으면 신산이라 일컫는 원성진 4단과 진성화재배 8강 대국이 시작된다. 이런 말장난에 놀아줄 시간이 없었다.

"다시 묻죠. 왜 보자고 했어요?"

"어제 얘기 들었습니다. 은은한테 고백을 했는데, 차였다고요?"

'벌써 내 얘길 주고받은 건가?'

맥이 탁 풀린다.

이런 개인적인 얘기까지 주고받을 정도로 둘 사이가 친밀하단 증거니까.

"네, 차였습니다. 그래서 무슨 말이 하고 싶죠? 절 비웃으려고 불러낸 건가요? 대국에 지고 꽤나 유치하지 않아요?"

수는 삐딱하게 맞받아쳤다.

말은 그리하지만 심장이 쿵하고 내려앉는 기분이 들었다.

어제의 일까지 알고 있단 말은 수가 생각했던 최악의 상황이 진실로 딱 맞아떨어지기 때문이다.

"……."

천예오에 3단은 말없이 수를 빤히 쳐다봤다.

비웃는다고 생각을 했던 수가 무안하리만큼 진지한 얼굴이다.

"걔 좀 전에 떠났습니다. 상해로."

'떠나?'

의문은 들었지만 튀어나오는 말은 신경적이기 짝이 없다.

"그게 저랑 뭔 상관이죠?"

"왜 떠났는지 궁금하지 않습니까?"

"하나도 안 궁금합니다."

이미 마음이 상할 대로 상한 수가 휙 몸을 돌려 버렸다.

다 지난 일이다.

떠나든 말든 이미 끝난 얘기다.

또, 더는 듣고 싶지 않기도 하다.

'곧 대국이야. 이대로는 안 돼.'

겨우 억눌러 두고 다잡았던 마음가짐이 다시 흐트러지고 말았다.

이대로 대국에 임한다면 필패다.

어차피 끝난 인연이라면 얼른 잊고 명상을 해서 잡념을 떨쳐 내야 한다.

마음이 급해진 수가 빠르게 돌아가려던 때였다.

"오늘 상해에서 선을 본다고 합니다."

"······!"

멈칫!

선을 보다니?

예상치 못한 천예오예 3단의 발언이 수의 발길을 붙잡았다.

"말이 선이지 부모들끼리 결정한 혼사 자리죠. 당신의 고백을 받지 못한 이유는 그 때문입니다."

"그게 무슨 말이죠? 선이라니! 자세히 좀 말해봐요, 어서!"

짐작도 하지 못했던 말들이 쏟아지자 수가 당혹해하며 재촉했다.

"양가 집안에서 결정하는 정략결혼이죠. 은은한테는 선택의 권한 따윈 없어요."

"정략결혼?"

담담한 척 얘기하던 천예오예 3단이 입술을 꽉 깨물었다.

천예오예 3단은 성공했다.

성공의 기준점이란 다 다르지만 세계적인 프로 바둑기사의 반열에 올랐으니 그 자체만으로도 성공한 인생이라고 하기에 부족함이 없다.

그러나 고은은에게 주선되는 남자들을 보면 한없이 자신

이 초라해 보인다.

하나같이 재벌 2세에 학벌, 외모 어느 하나 부족한 것이 없다.

또 자수성가를 한 억만장자나 연예인, 금융계 인사들도 허다했다.

천예오예 3단은 끝내 용기를 내서 고백을 하지 못했다.

그딴 게 다 뭐라고.

마음을 전하는데 그 인간의 배경에 주눅 들어서 말도 꺼내지 못한 스스로가 너무도 한심했다.

천예오예 3단이 손목시계로 시선을 옮기며 말을 이었다.

"청주공항에서 12시 20분에 상해 푸동공항으로 향하는 비행기랍니다."

"……!"

"전 할 말을 다 한 것 같군요."

"왜 저한테 이런 말을 하는 거죠?"

수가 돌아서서 가버리는 천예오예 3단의 등에 대고 물었다.

잠시 미동도 없이 그 자리에 서 있던 그가 돌아서더니 시선을 맞췄다.

"당신은 알아야 할 거 같아서. 내가 하지 못한 걸 당신은 할 수 있을 거 같으니까."

"……!"

"내가 해줄 말은 여기까지야."

천예오예 3단이 몸을 돌리더니 모퉁이를 돌아 시야 밖으로 사라져 버렸다.

Chapter 2

1

"곧 스탠바이합니다!"

진성화재배 중계를 책임진 연출의 말에 스태프들이 분주하다.

해설을 맡은 이들도 자세를 바로하고 사인을 기다리며, 대국을 앞둔 8강 진출자들은 마지막 마인드 컨트롤에 기를 썼다.

흔히 프로 바둑기사 사이에선 이런 말들이 오간다.

대국 전, 오 분이 승패를 가른다.

그만큼 집중력을 끌어 올려, 한 판 대국의 형세를 좌지우지

하는 포석에 공을 들여야 한단 말로 해석이 가능하다.

"……."

한눈에 보기에도 수는 넋이 나가 보였다.

멍하니 바둑판을 쳐다보는 눈동자엔 생각이 가득 담겨 있다.

'떠난다고?'

아까 천예오예 3단이 했던 말이 자꾸만 머리에서 떠나질 않았다.

정략결혼이라니.

조선시대 때나 있을 법한 그런 풍습이 아직도 있단 게 수는 쉬이 믿기지 않았다.

수가 모르는 대한민국의 최상류층 사회에서도 비일비재하게 이루어지는 일이지만, 직접 목격한 적이 없기에 드라마에서나 볼 법한 일로 치부했다.

그런데 고은은이 부모가 정해진 짝과 혼인을 하기 위해 상해로 돌아가 버렸다.

이건 부정할 길이 없는 진실이다.

'이제야 알겠어. 천예오예는 은은 씨를 좋아했던 거야. 언제부터인지 모르지만 지금도…….'

실타래처럼 엉켜 있는 의문이 조금씩 풀린다.

왜 천예오예 3단이 그토록 수를 경멸하는 태도를 보였는지도 이해가 간다.

그의 입장에서 자신이 좋아하는 여성에게 접근하는 수가 싫었을 것이다.

사랑은 유치하다고 한다.

천예오예 3단이 그답지 않게 수를 무시하는 발언을 서슴지 않았던 것도 아마 그런 맥락에서였을 것이다.

그런 천예오예 3단이 마지막으로 했던 말이 자꾸 귀에 맴돈다.

'당신은 알아야 할 거 같아서. 내가 하지 못한 걸 당신을 할 수 있을 거 같으니까.'

'왜 나한테 알려주는 건데? 내가 알면, 뭘 할 수 있는데?

수는 도저히 판단이 서질 않았다.

어떤 의중을 갖고 천예오예 3단이 위와 같은 말을 했는지 이해가 가지 않았다.

'나도 호감이 있어. 마음에도 없는 여자에게 고백을 하진 않잖아?

고은은은 참 괜찮은 여자다.

아니, 툭 까놓고 수에게 과분한 여자다.

그걸 알면서도 감정이 그쪽으로 향했다. 그래서 입단을 확정 짓자마자 고백을 했다.

'딱 거기까지야. 사정이야 어쨌든 간에 난 차였어. 친구도 아니고, 연인도 아닌 우린…… 사랑이라고 말하기엔 미흡한 관계라고.'

수의 말대로 두 사람은 참 정의하기 애매모호한 관계였다.

친구와 연인의 딱 중간 어디쯤에 위치한 사이랄까?

흔히 이럴 때 썸이란 말을 쓴다.

수는 이 말이 싫어졌다.

어중간한 단어는 남녀의 주관에 맞춰서 해석될 여지가 충분했다.

'내가 잡아도 될까? 자격이 돼?'

모르겠다.

연인이라면, 수는 지금 이 자리를 박차고 나가서 고은은을 붙잡을 것이다.

가지 마.

가지 말라고.

하지만 두 사람은 연인이 아니다.

서로를 깊이 알고, 이해하기엔 아직 많은 부분에서 부족했다.

그래서 수가 방황하며 더 혼란스러하는 건지도 몰랐다.

"자, 촬영 들어갑니다. 스탠바이 큐!"

연출의 말이 끝나기가 무섭게 카메라가 대국실 전경을 쭉 비췄다.

아마 방송에는 오프닝 화면이 들어가고 해설진이 등장해 인사를 하며 오늘 대국을 치르는 기사들의 면면을 소개하고 있을 것이다.

촤르륵!

저마다의 방식으로 준비를 마친 프로 바둑기사들이 돌 가리기에 들어갔다.

중계는 그들에겐 관심 없는 일이다.

눈앞의 상대에게 이기겠단 일념만으로 바둑에 임하고 있었다.

"수 씨?"

"……."

"저기, 수 씨?

"네?"

정신줄을 놓고 있던 수가 대꾸하자 원성진 4단이 손가락으로 바둑통을 가리켰다.

"돌."

"아, 네."

수가 바둑돌을 한 움큼 집어서 바둑판 위에 올려두자, 원성진 4단이 돌 두 개를 보였다.

짝수.

모래알처럼 쌓인 바둑알의 개수를 세니 13개 홀수였다.

돌 가르기의 결과가 나왔다.

흑의 수.

백의 원성진 4단이다.

덤의 부담이 있긴 하지만 흑을 쥐게 된 수가 아주 근소하게 나마 앞서가게 됐다.

꾸벅.

예의를 갖추고 대국이 시작됐다.

잠시 딴데 정신이 팔려 있던 수가 바둑통 안에서 돌을 집에 서 화점에 두었다.

탁.

대국이 시작된 것이다.

2

"대국이 시작됐습니다. 가장 주목할 대국은 어떤 게 있을까요?"

최미희 진행은 아직 해설이 필요하지 않는 중계 단계에서 여담을 끌어내 시청자가 지루함을 느끼지 않게 유도했다.

강혁 사범이 얼른 말을 받았다.

"아무래도 원성진 4단과 아마추어 출신 이수 씨의 대결을 들 수 있겠네요."

"역시…… 그러고 보니 양쪽 기사 어제 대국이 참 대단했죠?"

"네, 원성진 4단이 천적으로 알려진 조한성 9단을 175수만에 격퇴시켰죠."

"너무 이르게 대국이 끝나 저는 좀 아쉽더라고요."

최미희 진행이 사심을 섞어가면서 중계에 윤활유 역할이 되었다.

"그게 또 바둑이니까요. 조한성 9단의 장점을 보일 수 없게 무너뜨린 원성진 4단의 기세가 대단했다고 보입니다."

"그렇군요. 수 씨의 활약도 참 대단했죠?"

수가 언급되자 강혁 사범의 얼굴이 살짝 상기가 되었다.

"그야말로 명대국이었습니다."

"그 정도였나요?"

"어제 한국기원에서 관전 중이던 프로 바둑기사들도 입을 모아 감탄을 했다고 하더군요. 투신이라 불리는 천예오에 3단의 공격도 대단했지만, 슬기롭게 대처하다가 오히려 몰아친 수 씨의 바둑은 그야말로 일품이었습니다."

강혁 사범의 말은 조금의 과장도 섞이지 않았다.

실제 한국기원에서 어제 복기를 하던 후배 프로 바둑기사들과 전화 통화를 나눠본 결과 그들은 하나같이 수에 대한 칭찬 일색이었다.

최미희 진행자가 화제를 슬그머니 바꾸어가며 흐름을 리드했다.

"침체된 한국 바둑에 저런 신인의 등장은 호재로 봐야겠죠?"

"네, 최근 한국 바둑의 위기란 말이 심심치 않게 나옵니다. 그만큼 중국 바둑의 성장이 한국 바둑을 위협하고 있단 말이죠."

"그런 맥락에서 볼 때 아마추어 기사 이수 씨가 천예오예 3단을 잡은 건 정말 큰일이네요."

"아아! 이런, 저희가 중계 내내 그만 이수 씨에 대해 잘못 언급을 드렸네요."

"네?"

갑작스런 강혁 사범의 말에 최미희 진행자가 당황한 기색을 보였다.

비록 바둑 마니아들이 주로 시청하는 방송이지만 공중파에도 중계가 되는 만큼 작은 언급의 실수라도 간과할 수가 없다.

"어제 부로 이수 씨는 오픈 기전 점수제를 통한 아마추어

특별 입단의 건으로 입단이 확정되었습니다. 세계기전 진성화재배 8강 진출로 100포인트를 획득했거든요."

"아! 그렇다면 이수 씨를 이제 프로의 세계에서 볼 수 있는 건가요?"

"그렇게 될 겁니다."

"이거 벌써부터 두근거리네요. 어? 그러는 사이 대국이 꽤 진행이 됐습니다. 보시죠."

최미희 진행자가 노련하게 대화를 마무리 짓자, 카메라가 바둑판을 비쳤다.

3

'어지러워. 뭐가 뭔지 모르겠어.'

수는 몇 번이고 고개를 세게 좌우로 저어서 잡념을 떨치고자 했다.

노력에도 불구하고 집중이 되지 않았다.

바둑에서 가장 중요한 형세를 만드는 포석이다.

판을 짜기 위해 심력을 다해도 모자랄 판국에 딴생각으로 머리가 가득 차 있으니 좋은 밑그림이 나올 리가 만무했다.

'흐름이 안 좋아.'

수는 힐끔 원성진 4단을 응시했다.

포커페이스로 대국에 집중을 하고 있는 모습은 장난스러운 평소와 전혀 딴판이다.

'명실공히 세계 최고의 기사.'

지금까지 수백 명이 넘는 프로 바둑기사가 국내에 있었고, 앞으로도 그 수가 유지될 것이다. 한중일을 합친다면 천 명이 넘는 프로 바둑기사가 실존하며, 현역으로 왕성한 활동 중이다.

그중에는 바둑의 기풍에 맞춰 수많은 별호가 존재한다.

전신 조훈현 9단.

돌부처 이창호 9단.

투신 천예오예 3단.

독사 최철한 9단.

프로 바둑기사들의 수만큼 무궁무진한 별호가 존재한다.

이중에서 최고로 치자면 이창호 9단이다.

한때 그는 입신의 경지에 이르렀다고 했다.

그가 보여준 바둑은 능히 그 호칭이 아깝지 않을 만큼 위대했다.

하지만 그런 그도 세월을 이기지 못하고 최고의 자리에서 내려오고 말았다.

그런데 이제 갓 이십 대 중반인 원성진 4단에게 신산(神算)이라는 별호가 붙었다.

전설로 치부되는 이창호 9단도 그 나이 때 저런 별호를 얻진 못했다.

원성진 4단을 가리키는 이 별호만으로도 그의 압도적 강함을 능히 짐작할 수 있다.

탁!

백돌이 놓였다.

힘 있는 착점만큼이나, 판 전체를 아우르는 수다.

귀 쪽을 보완하는 것처럼 보이나 변을 견제하며 전체적으로 상변의 혹의 세력을 억제하는 효과까지 낳고 있다.

신묘한 수다.

'강하다, 내가 상대했던 누구보다.'

아직 20수도 두지 않았지만 수는 넘을 수 없는 천년거암에 막혀 있는 인상을 받았다.

이런 기회는 쉽게 오지 않는다.

평상시 같았다면 수도 물러서지 않고 치열한 대국을 두고 싶었다.

하지만 오늘은 그럴 수가 없었다.

'난 이대로 바둑을 둬도 괜찮은 걸까?'

고은은이 머리에서 떠나지 않았다.

어찌해야 할지 갈피를 잡지 못하겠다.

쫓아가야 하나?

잡아야 하나?

모르겠다.

연인도 아닌 그가 거기까지 가는 게 정말 맞는 건지 확신이 서지 않는다.

이대로 있다간 후회만 남길 것 같았다.

바둑은 바둑대로 망치고, 고은은은 후회 속에서 보내 버릴 게 뻔했다.

더는 이대로 있다간 양쪽 다 흐지부지 후회로 가득 찬 결과를 초래할 것만 같았다.

'내가 진짜 원하는 게 뭐지?'

수가 물음을 던지자마자 머리가 하얗게 변했다.

모르겠다.

진짜 원하는 걸 가늠하지 못하니, 이리 결단을 내리지 못했다.

바둑판 위에선 남들은 엄두도 못 낼 결단으로 승부수를 걸면서도 어째서인지 이런 일엔 그런 결단을 내지 못했다.

"……."

수는 눈을 감았다.

그러고 보니 이런 비슷한 일이 있었다.

슈퍼스타Z 생방송 무대다.

부당하기 짝이 없는 제작진과 참가자의 조작에 염증을 느껴 진실을 알리고자 했다. 그 결과 중징계를 피해 갈 수가 없었고 향후 삼 년간 노래를 부를 수 없는 처지에 처하고 말았다.

'난 그때의 일을 후회하나?'

아니다.

그 일로 말미암아 힘든 시기를 보낸 건 사실이다.

하지만 절대 후회하지 않는다.

열이면 열 번 그 시절로 돌아갈 수 있다면 똑같은 결단을 내리리라.

수는 다시 반문했다.

'그때의 난 어디서 그런 선택을 할 수 있었지?'

똑깍똑깍!

계시원의 앞에 놓인 초시계의 시침 소리가 들린다.

이 시간에도 수에게 주어진 제한 시간이 무의미하게 흘러간다.

같은 시각, 청주 국제공항으로 향하는 고은은은 더 멀어지고 있다.

그런 압박감에 놓인 수의 뇌리에 그때의 마음가짐이 떠올랐다.

'그랬어. 머리가 아니라, 가슴이 시키는 대로 한 거야. 그래서 그런 무모한 용기를 낸 거고.'

그만 까맣게 잊고 있었다.

프로 바둑기사를 지망하면서 철저하게 감성은 죽이고, 냉철한 이성을 앞세웠다.

어쩔 수 없는 일이긴 했지만 늘 그러했기에 수의 일상생활에도 물이 들고 말았다.

'생각이 앞서는 건 내가 아니야.'

최소한 후회는 남기지 말자.

돌이켜 보면 수는 참 가슴이 뜨거운 남자였다.

"저……."

오랜 시간 말을 하지 않아서인지 목소리가 잘 나오지 않았다.

스윽.

대국 중에 말을 꺼내는 건 이례적인 일이다. 원성진 4단이 고개를 들어서 수를 쳐다볼 때였다.

"졌습니다."

"……!"

뜬금없는 불계패 선언에 원성진 4단을 위시해 촬영을 진행하고 있던 모든 이의 표정에 당혹감이 서렸다.

이제 겨우 포석 단계다.

24수까지 진행된 게 다. 불계패를 논하기엔 일러도 너무 일렀다.

원성진 4단이 귀를 의심하면서 물었다.

"농담하시는 거죠?"

"농담 아닙니다."

"……."

"제가 졌습니다. 더는 시간이 없어서 사정을 설명할 수가 없네요. 죄송합니다."

수는 거기까지 말을 하곤 자리에서 벌떡 일어났다.

각본에도 없는 돌발 행동에 촬영을 맡은 연출과 주최 측이 당황했다.

방송 사고가 발생하자 스튜디오에 상주하고 있던 김 실장이 서둘러 수습에 나섰다.

"일단 카메라 꺼요! 어서!"

그는 소파에서 일어나 어딘가를 급히 가는 수의 앞을 막아섰다.

"지금 뭐 하시는 겁니까?"

낮은 목소리지만 김 실장의 목소리에 노기가 흘렀다.

아무래도 진성화재배와 관련된 전반적인 업무를 진행하는 그의 입장에서는 이런 예상치 못한 일이 반가울 리가 없다.

"죄송하지만, 급히 갈 데가 있습니다."

"대국 중입니다."

"……압니다. 그래서 기권했습니다."

수는 초조해졌다.

더는 시간을 소비할 시간이 없다.

이러는 와중에도 고은은과 수의 거리는 점점 더 멀어지고 있다.

웅성웅성.

소란스러움은 다른 대국에도 여파가 끼쳤다.

프로 바둑기사들이 각자의 대국에 집중하려고 했지만 워낙에 전무후무한 일이다 보니 자꾸만 신경이 쓰일 수밖에 없었다.

"기권을 했다고 다 끝나나요? 남은 사람들은 어쩌고요?"

"……죄송합니다."

"뭐 때문에 이러시는 거죠?"

"제가 가서 잡아야 할 사람이 있습니다."

"잡을 사람?"

김 실장의 표정이 일그러졌다.

수는 단호한 표정으로 물러날 뜻이 없다는 걸 밝혔다. 같잖은 설득에 마음을 돌릴 정도였다면 애초에 저 자리에서 일어나지도 않았을 것이다.

"비키세요."

김 실장은 앞을 비키지 않았다.

"이건 옳지 않습니다. 기권을 한다고 대국이 끝나나요? 어떤 식으로든 수 씨한테 피해가 갈 겁니다."

"……!"

수는 잠시 멈칫했다. 이런 돌발 행동으로 뼈저리게 힘든 시기를 겪었다.

하지만 이미 결심을 한 수의 앞길을 막을 수는 없었다.

"그래도 갈 겁니다."

수는 김 실장을 지나쳐서 스튜디오 밖으로 뛰쳐나가 버렸다.

4

수는 무작정 유성호텔 밖으로 뛰쳐나왔다.

청주면 바로 대전 옆이다.

차로 이동을 한다면 한 시간 남짓한 이동 시간이 소요될 것이다.

"서둘러야 해. 택시가 어디 있지?"

급한 마음에 수가 택시를 잡고자 주변을 두리번거렸다.

머피의 법칙이라고 했던가?

매일같이 보이던 빈 택시가 보이지 않는다. 한산하다 못해 거리가 휑할 정도다.

수는 조급해졌다.

잡지 않을 생각이었다면 모를까, 막상 대국을 포기하고 뛰쳐나오니 고은은을 놓칠지 몰라 전전긍긍하고 있었다.

'이대로 보내면 평생 후회할지도 몰라.'

사람이 살다 보면 때로 잘못된 선택을 할 때도 있지만 수는 후회는 남기고 싶지 않았다.

"택시! 택시!"

참다못한 수가 도로까지 들어가서 손을 흔들어댔다.

할 수만 있다면 반대편 차선을 오가는 택시라도 잡겠단 심정이다.

"쯧쯧. 그래서 오늘 안에 가려나?"

"……!"

귀에 익은 목소리에 고개를 돌린 수는 의외의 인물에 눈을 크게 떴다.

대국실에 있어야 할 원성진 4단이 떡하니 서 있던 것이다.

"여길 어떻게?"

"이거 받아요."

"네? 헉!"

얼떨결에 그가 던진 걸 받아 든 수는 까무러치게 놀라고 말았다.

원성진 4단의 애마 아우디 A7의 차 키였다.

"이걸 왜?"

눈을 동그랗게 뜨고 있는 수에게 원성진 4단이 턱짓으로 차 키를 가리켰다.

"운전할 줄 알죠? 그거 타고 가요."

"……!"

"나도 눈치는 있다고. 그 여자 가서 잡아요. 지금 놓치면 평생 후회할 거야."

수는 얼떨떨한 얼굴로 그를 멍하니 쳐다봤다.

이렇게까지 자신을 도와주는 이유는 몰랐지만, 너무도 고마웠다.

"고마워요."

"고맙단 말은 나중에 하고. 서두르는 게 좋을 텐데? 갔다 와서 두다 만 대국 마무리도 지어야죠."

수는 좀처럼 말귀를 알아듣지 못하고 눈만 깜빡깜빡거렸다.

"마무리라뇨? 전 이미 기권을 했는데……."

수가 당황한 표정으로 묻자 원성진 4단이 손목시계를 보며 말했다.

"보자, 그쪽 제한 시간 2시간이랑 내 거 2시간 합치면 4시간인데…… 이 정도면 갔다 올 시간 충분하지 않나요?"

"……!"

그제야 수는 말뜻을 알아차릴 수가 있었다.

진성화재배는 근래에 보기 드문 장고 바둑을 추구한다.

그러다 보니 속기가 대세인 다수의 기전과 달리 제한 시간이 각자 두 시간씩 도합 네 시간이 부여된다.

이 시간을 모두 소진하고 나면 30초의 초읽기가 주어지는데, 이 안에 다음 수를 두어야만 한다.

즉, 각각 주어진 제한 시간을 언제 어디서 쓸 지를 결정하는 것은 대국자의 자유다.

"왜 저 때문에 굳이……."

선뜻 이해가 가지 않는 대목이다.

기권을 선언했을 때 이미 승부가 갈렸다고 봐도 무관하다.

원성진 4단은 손대지도 않고 코를 풀고 4강 진출을 확정 지을 수 있는 기회를 마다한 것이다.

"명색이 첫 대결인데 이렇게 이기면 김새지."

"……!"

"시간 많나 봐요? 어서 가요. 모처럼 차까지 빌려줬는데, 놓치면 쓰나."

손을 휘휘 저으며 가라는 시늉을 하는 원성진 4단을 보며 수가 차 키를 꽉 쥐었다.

"고마워요. 이 은혜 꼭 갚을게요."

수가 검지를 치켜들며 한껏 그를 치켜세워 주었다.

칭찬에 목에 힘이 들어간 원성진 4단이 헛기침을 하며 말을 받았다.

"험험, 은혜랄 것까지야, 그냥 나중에 시간되면 여자 친구나 소개……."

"꼭 제시간 안에 돌아오겠습니다!"

수는 뒤도 돌아보지 않고 호텔 주차장으로 뛰어갔다.

"어이, 내 말 다 안 끝났는데……."

그런 뒷모습을 보던 원성진 4단이 어색하게 뒷머리를 긁적였다.

"지도 빚을 졌으니까, 소개팅 정도는 해주겠지. 그건 그렇고 나란 놈 참 멋진 거 같아. 사랑을 위해 차를 빌려주다니, 세상 어딜 뒤져도 나 같은 놈 없을걸?"

원성진 4단이 자아도취에 취해 있던 때였다.

부릉!

호텔 주차장에서 거칠게 튀어나오는 자신의 애마를 보며 깜짝 놀랐다.

"뭐, 뭐야?"

거친 엑셀음을 내며 아우디 A7이 주차장에 뛰쳐나왔다.

억압된 마구간에서 막 탈출한 야생마마냥 요란한 배기음을 내뿜으며 도로가로 들어가 질주하기 시작한다.

"어이! 조심히 운전을 해야……."

막상 차를 빌려주긴 했으나, 행여라도 사고를 내지 않을까 조마조마한 원성진 4단이다.

Chapter 3

1

수는 태어나서 처음 군대에 감사했다.

전역과 동시에 하등 쓸모없게 될 줄 알았던 군 시절 경험이 오늘처럼 도움이 될 줄은 꿈에도 생각하지 못한 까닭이다.

'죽어라 대대장님 모시고 다닌 보람이 나네.'

군 시절 수의 보직은 운전병이다.

작전 수행 중에도 늘 대대장을 태우고 전국 방방곡곡을 누볐다고 해도 과언이 아니다.

정말이지 지겹게 차를 몰고 다녔던 그때의 경험 덕분에 수는 핸들이 낯설지 않았다.

"역시 비싼 차는 다르네. 밟는 대로 쭉쭉 나가. 이거면 금방 쫓아갈 수 있어."

수의 만면에 희망이 서렸다.

내비게이션에 찍힌 예상 도착 시간은 한 시간가량이다.

먼저 출발한 고은은과의 시간 차이는 대략 삼십 분 남짓.

고은은은 택시를 타고 출발했으니 서두르면 조금 늦더라도 출국 전에 도착할 수 있다.

부르릉!

아우디 A7의 엔진 배기음이 묵직하게 쏟아진다. 남아도는 마력을 증명하듯이 그냥 앞으로 치고 나가는 가속도가 가히 일품이다.

고속도로에 접어든 수는 무작정 밟았다.

속도위반도 개의치 않았다.

그런 걸 신경 쓸 겨를도 없던 까닭이다.

'서둘러야 해. 어서!'

마음은 앞섰으나 생각 이상으로 도착 예정 시간을 단축하진 못했다.

초행길인 까닭에 마음먹은 대로 지름길로 나아가지 못한 것이다.

아쉽긴 했지만 수는 최선을 다해서 청주공항으로 차를 몰았다.

"좀만…… 조금만 기다려 줘요."

수가 간절하게 바랐다.

2

"그게 무슨 말씀입니까?"

진성화재배의 전반적인 업무를 총괄하는 김 이사가 인상을 팍 썼다.

"걔 올 거예요."

"걔라뇨? 이수 씨를 말씀하시는 겁니까?"

"네, 시간 안에 올 겁니다. 남은 대국은 그때 이어서 두면 됩니다."

원성진 4단이 어깨를 으쓱하며 말했다.

마치 남 일에 대해서 떠들 듯이 태연하기 그지없는 말투다.

"이해가 안 가네요. 수 씨는 대국 중에 나갔습니다. 또 본인 입으로 불계패를 언급했고요."

김 실장은 수를 언급할 때 불쾌감을 감추지 못했다.

진성화재배와 관련된 모든 실무를 도맡아 처리하면서 눈부신 성과를 올렸다.

진성기업 측에서도 그런 김 실장을 높이 평가하고 있으며, 장 이사 또한 그를 자기 사람으로 만들고자 평소에 안 하던 작은 선물까지 주었다.

완벽에 가까운 일처리를 보여준 그였는데 오늘 찬물이 끼얹어지고 말았다.

워낙 돌발적인 일이라 미연에 대처가 어려웠다곤 하나, 윗사람들이 보기엔 그런 건 중요하지 않았다. 오로지 결과만을 얘기하는 그들에게 이런 예기치 못한 사태는 흠에 불과했다.

"손쉽게 이길 수 있는 데도 불구하고 기권승을 마다하신단 말인가요?"

"그러려고요."

"……."

"어떻게 성사된 대국인데, 이렇게 이겨 버리면 김새잖아요? 또 제한 시간을 다 소진해 버리고 속기 바둑으로 승부를 내는 쪽도 재미있지 않겠어요?"

원성진 4단은 여유가 넘쳤다.

그건 그가 진짜 강하기 때문이다.

운 좋게 8강에 진출해서 4강을 노리는 게 아니다. 상대가 누구든 간에, 어떤 상황에 처했든 제압할 자신이 있기 때문이다.

"하아."

김 실장이 땅이 꺼져라 한숨을 내쉬었다.

내키지는 않지만 지금으로써는 원성진 4단의 말대로 하는 게 최선이다.

"좋아요. 그렇게 하죠. 그런데 제시간 안에 올 수는 있는 겁니까?"

"올 거예요."

원성진 4단이 확신이 찬 표정으로 대꾸했다.

"그걸 어떻게 확신하죠?"

"타고난 촉으로?"

"……."

구두의 약속조차 없이 막연한 촉에 의지해 애기를 하는 원성진 4단을 보며 할 말을 잃고 말았다.

"농담이고, 분명 옵니다. 자자, 전 그러면 앉아서 기다릴게요. 가서 판이라도 짜야겠어요."

말을 마친 원성진 4단은 일그러진 김 실장의 표정을 뒤로하고 스튜디오에 비워둔 자신의 소파에 가 착석했다.

'제대로 판도 못 벌였는데 이대로 끝나면 쓰겠어? 안 그래, 이수 씨?'

원성진 4단은 이 기다림이 싫지 않았다.

원래 사람이란 안달이 날수록 더 간절하게 원하는 법이다.

이것도 나쁘지 않다.

그럼 앞으로 두고두고 부딪치게 될 상대다.

그 전초전이라면 이 정도 흥은 나야 진짜 재미가 나지 않겠나?

'지루해지기 전에 돌아오라고.'

바둑판에 놓인 24수.

윤곽조차 그려지지 않은 포석.

아직 자웅을 겨루지 못한 용은 호랑이가 다시 돌아오길 학수고대 기다렸다.

3

"Thank you(감사합니다)."

청주공항에 도착한 고은은은 택시기사에게 출발 전 사전 합의한 액수를 지불했다.

계산을 끝낸 그녀는 캐리어를 끌고 공항 안으로 들어왔다.

청주공항은 인천공항은 물론이고 여타의 공항들에 비해서도 그 크기가 무척 작았다.

"⋯⋯."

그러거나 말거나 고은은은 관심이 없었다.

공항에 딱 들어서는 순간부터 숨이 턱 막혔다.

예약을 확인하고 티켓팅을 끝냈다.

손에 쥔 비행기표 좌석을 보니 상해로 갈 수밖에 없단 현실이 무겁게 그녀를 짓눌렀다.

스윽.

고은은이 핸드백에서 휴대전화를 꺼냈다.

전원이 꺼진 휴대전화 액정은 까맸다.

켤까, 말까?

한동안 망설이던 그녀는 휴대전화를 켜려다가 말았다.

"미련만 남을 거야. 켜지 말자."

약해지는 마음을 다잡으며 휴대전화를 다시 핸드백에 밀어 넣었다.

지금 휴대전화를 켜면 어떤 식으로든 수에게 연락을 할 것 같았다.

지금은 대국 중이니 하다못해 문자메시지라도 보내서 사과를 할지도 몰랐다.

그래서 이 악물고 참았다.

괜히 흔들려 봐야 이로울 게 없다.

이미 포기를 했다며, 깨끗하게 미련조차 남기지 않아야 한다고 다짐했다.

시간은 하염없이 흘렀다.

넋 놓은 사람마냥 그러고 앉아 오가는 사람들을 멍하니 보았다.

청주공항을 이용하는 대다수의 사람은 여행객이다.

비즈니스나 외국인들도 심심치 않게 보였으나, 극소수에

불과했다.

여행객들은 저마다 상기된 얼굴로 웃고 떠들어대며 즐거워했다.

그에 반해 고은은은 세상 다 산 사람 같았다.

"이러고 있어서 뭐해? 들어가자."

이제 출국까지 30분 남짓 남았다.

출국 심사와 이륙 전 비행기 탑승을 감안하면 넉넉한 시간은 아니다.

결정을 내린 고은은은 지체할 필요 없이 출국 심사대에 올랐다.

별다른 무리 없이 통과를 한 그녀는 탑승 게이트로 발걸음을 옮겼다.

상해행 게이트 앞에 대기석에 앉아 차창 밖을 오가는 비행기를 무심히 쳐다보았다.

그러기를 얼마의 시간이 흘렀을까?

"이스타 상해행 비행기 Z—174 탑승을 시작합니다."

스튜어디스의 안내에 대기석에 앉아 있던 승객들이 탑승을 시작했다.

평소라면 다 탑승을 한 후에 느긋하게 탔을 터인데, 오늘은 어째서인지 맨 앞줄에 서서 기다리며 탑승을 시도했다.

"즐겁고 편안한 여행 되십시오."

친절한 스튜어디스의 말에 가볍게 목례로 답례를 한 고은은이 비행기표를 손에 쥐고 탑승 게이트를 통과했다.

"어서 오세요."

통로를 지나쳐 비행기의 입구에 선 기장과 부기장의 환영을 받으며 고은은이 제일 먼저 비행기에 탔다.

비행기의 규모가 그리 크지 않은 까닭에 일등석은 존재하지 않았다. 그나마 비즈니스석이 유일했는데 그것 역시 썩 훌륭하진 않았다.

그녀는 앞쪽에 위치한 비즈니스석에 앉았다.

그래도 이코노미에 비하니 좌석 간격도 넓고 의자의 등급이라거나 여러 면에서 편리했다.

시간이 흘렀다.

텅 빈 비행기 안이 시끌벅적해질 만큼 승객들로 가득 찼다.

"이제 가네."

고은은이 차창 밖을 물끄러미 내려다봤다.

꽤나 많이 한국을 오갔는데, 오늘처럼 마음이 편치 않기는 또 처음이다.

"오늘 돌아가면…… 한국 안 올지도 몰라."

또 모르겠다.

시간이 지나면 또 오게 될 수 있을지도.

다만, 최소 몇 년은 이 땅을 밟지 않을 거라고 다짐했다.

"이런!"

청주공항에 들어선 수는 거친 말을 내뱉으며 숨을 몰아쉬었다.

낭패도 이런 낭패가 없었다.

와도 일찍 전에 도착을 했어야 했다.

그런데 경부고속도로에서 전복 사고로 인해 그만 발길이 묶인 게 화근이다.

결국 이 시간에 도착하고야 말았다.

"갔으면 어쩌지?"

초조해진 수는 실성한 사람처럼 청주공항을 휘젓고 다녔다.

서울역 정도밖에 되지 않는 크기였지만 고은은을 찾는 일은 결코 쉽지 않았다.

한참을 헤매던 수는 입술을 깨물었다.

"이미 출국 심사를 끝낸 건가?"

아마 그럴 확률이 농후했다.

수가 늦기도 했거니와 비행기 이륙 최소 30분 전에는 출국 심사를 끝내는 게 정석이다.

그래야 예정된 시간에 탑승을 끝내고 이륙하는 데 아무런 지장이 없기 때문이다.

"아닐 거야. 어쩌면 내가 못 찾는 걸지도 모른다고."

수는 그리 반복적으로 읊조리며 휴대전화로 계속 통화를 시도했다.

─고객님의 전화기가 꺼져 있사오니…….

방법이 없다.

이대로 가다간 그녀는 떠나 버리고 말 것이다.

조바심을 내던 수의 뇌리에 번쩍거리며 뭔가가 떠올랐다.

"그래, 상해행 비행기라고 했었지?"

수는 청주공항 정중앙에 놓인 전광판을 쳐다봤다. 한국어, 일본어, 중국어, 영어의 차례로 흘러나오는 비행기 이륙 시간표가 실시간으로 출력되었다.

"상해행, 상해행…… 뭐? 뭐!"

수의 안색이 하얗게 질렸다.

앞으로 세 시간 사이에 상해행 비행기는 딱 한 편에 불과하다.

이스타 상해행 Z─174.

그 비행기는 앞으로 삼 분 뒤에 이륙을 한다고 적혀 있었다.

수는 맥이 탁 풀렸다.

삼 분 뒤라면 이미 비행기가 활주로에 나가 있다고 봐도 무관하다.

"……."

고은은은 십중팔구 저 Z-174를 탔을 거라고 확신했다.

그걸 뻔히 알면서도 막을 길이 없음에 수는 망연자실했다.

여기까지 왔는데.

겨우 용기를 냈는데.

이젠 다 의미가 없어졌다.

때늦은 후회에 가슴이 찢어지고 아파하며, 그 후유증에 시달릴 일만 남았다.

"절대 이대로 보낼 수는 없어."

수는 고개를 돌리며 좌우를 찾았다.

저 앞에 청주공항 안내센터가 보였다.

뭔가에 홀린 사람처럼 무작정 그곳에 뛰어간 수가 공항 직원에게 말했다.

"안녕하십니까? 무엇을 도와……."

"이스타 상해행 비행기 Z-174호 이륙을 멈춰주세요. 어서요!"

"네? 무슨 일이신지……."

"가면 안 되는 사람이 있어요. 지금 당장 못 가게 해야 한다고요."

다짜고짜 밑도 끝도 없이 못 가게 해달라는 말에 직원이 당황할 때였다.

부우웅!

수의 등 뒤 청주공항 전면 유리 밖으로 이스타 마크를 단 비행기 한 대가 이륙을 했다.

너무 멀어 비행기 번호를 식별하는 건 무리였지만, 아마 그것이 맞아 보였다.

초조함에 입술을 깨물고 있던 수는 어딘가로 전화 통화를 끝낸 직원을 빤히 쳐다봤다.

"죄송합니다. 말씀하신 이스타 상해행 비행기 Z—174는 조금 전에 이륙했다고 합니다."

"아······."

수는 머릿속이 백지장처럼 하얗게 질려 버리고 말았다.

이제 다 끝났다.

뒤늦게 용기를 내서 따라나섰지만 끝끝내 고은은을 붙잡지 못했다.

"저······ 괜찮으세요?"

직원이 걱정스럽게 물었으나 수의 귀엔 들리지 않았다.

"머저리 같은 놈······ 결국 여기까지 와서 이 꼴을 당하냐?"

자조 섞인 말에 웃음이 흘러나왔다.

갑자기 가슴이 싸해진다.

허탈감을 넘어서서 무기력함이 썰물처럼 밀고 들어온다.

갔구나, 갔어.

잡지 못했다는 안타까움보다 간절했던 걸 놓아버린 한심스러움에 말문이 막힐 때였다.

"진짜 와줬네요."

"......!"

떨리는 목소리에 고개가 돌린 수는 눈을 의심했다.

야윈 듯한 모습이긴 했지만 청초하면서도 고혹적인 눈웃음을 짓고 있는 여자는 그토록 수가 잡고 싶어 했던 고은은이 틀림없었다.

"어, 어떻게 여기에? 분명히 출국했다고……."

수가 믿기지 않는다는 듯 묻자 그녀가 옅은 웃음을 지었다.

"수 씨가 올 거라고 믿었다면 믿어줄래요?"

"네? 그러면 진짜로?"

"아뇨, 농담이죠."

고은은이 초승달처럼 휘어진 눈웃음을 살살 쳤다.

그 미소를 마주하고 있자 수의 전신에 곤두서 있던 긴장이 딱 풀렸다.

"저 이제 확실히 알았네요."

"뭘요?"

반문에 수가 눈을 직시하며 말을 이었다.

"여기까지 오면서도 긴가민가했는데, 이제 확실히 알겠네요. 지금처럼 마주 보고 서서, 은은 씨 웃는 모습을 보면서 확실히 알았어요."

"그러니까 뭘?"

"저 은은 씨 많이 좋아합니다."

"……!"

갑작스런 고백에 고은은의 동공이 흔들렸다. 뚫어져라 쳐다보는 수의 눈길에 수줍음을 느끼며 슬그머니 시선을 피했다.

수는 그러거나 말거나 한 발 앞으로 다가왔다.

고은은의 정수리가 내려다보이는 앞까지 선 수가 용기를 내서 그녀를 끌어안았다.

"보고 싶었습니다."

"수 씨…… 제가 더 보고 싶었어요."

진정성 있는 고백을 고은은도 받아들였다.

터질 거 같은 감정을 억누르며 고개를 들자 그윽한 수의 시선과 딱 마주쳤다.

두 사람은 누가 먼저라 할 것 없이 서로의 입술에 가까이 다가갔다.

입술에 닿는 서로의 촉감만으로도 취할 만큼 설레고 황홀

한 두 사람의 첫 키스다.

공항을 찾은 많은 이의 시선 따위는 상관이 없다. 남세스럽다며 흉을 보는 아주머니들의 목소리도 들리지·않는다.

지금 이대로 두 사람이 한 공간에 있다는 게 중요했다.

"아!"

서로의 입술을 떼고 나자 어색한 기류가 감돌았다.

수는 어색함을 쫓기 위해 아까 듣지 못한 질문을 다시 던졌다.

"진짜 궁금해서 그런데 어떻게 알고 비행기에서 내리신 거예요? 제 문자 봤어요?"

"아뇨."

"그러면?"

"우연이었어요. 진짜로."

고은은은 모든 걸 체념한 채 음악이라도 들으려고 이어폰을 꺼냈다.

차분한 클래식이라도 들어야 미련을 버리고 마음을 가라앉힐 것 같았다.

그러던 때, 한 중국인 중년 남자가 비즈니스석으로 들어오더니 옆자리에 앉았다.

단거리 비행기인 까닭에 그리 실내가 크지 않아 원치 않게 중년 남자가 손에 들고 시청하고 있는 휴대전화 방송을 힐끔

보게 되었다.

거기까지 얘기를 전해 듣고 나서야 수는 감을 잡을 수가 있었다.

"그래서……."

"네, 수 씨랑 원성진 4단의 대국에 대한 얘기가 나오더라고요. 세계기전 초유의 사태로 대국 도중에 수 씨가 뛰쳐나갔다고."

"운이라고 쓰고, 운명이라고 말하고 싶네요."

수는 의식을 하기도 전에 튀어 나가 버린 느끼한 말에 당황했다.

설마 하니 이런 낯간지러운 말을 본인이 입으로 했단 게 믿기지 않는 듯한 투였다.

"풉! 수 씨는 운명 믿어요?"

"이제부터라도 믿어보려고요."

고은은이 말없이 입꼬리를 올리며 웃어 보였다.

보고 있자면, 참 사람의 마음을 차분하게 만들어주는 미소다.

또 수를 푹 빠지게 만들어 버리는 예쁜 미소, 간직하고 두고두고 보고 싶은 미소이기도 하다.

"나 많이 망설였어요. 비행기에서 내린다는 건, 부모님에게서 돌아선다는 의미니까요."

"쉽지 않은 결단인 거 저도 알아요."

"이거면 돼요. 저 이제 저쪽으로 가도 후회는 없을 거 같아
요."

수의 표정이 굳었다.

"가다니요?"

"제가 남으면 수 씨한테 피해만 갈 거예요. 서로의 진심을
확인한 걸로 전 족해요. 저도 운명을 믿어요. 그 운명 이상으
로 전 수 씨가 좋지만, 현실은 또 다르잖아요? 우리 인정해
요."

"……."

"이제 돌아가세요. 여기까지 와줘서 정말 고마워요. 평생
잊지 못할 거예요."

고은은은 이별을 말한다.

이건 일방적인 통보가 아니다. 서로가 수긍을 하고 받아들
여야 할 작별이다.

그녀는 웃고 있다.

눈시울이 붉어질 만큼 감정이 복받쳐도 미소를 잃지 않고
있다.

마지막 떠나는 모습까지 수에게 예쁜 여자로 남길 바라는
이기적인 여자의 마음이다.

수도 고은은이 무얼 염려하고 저리 말하는지 잘 알고 있

었다.

'현실의 벽.'

사랑은 국경과 신분을 초월한단 말이 있지만 과연 지금도 그럴 수 있을까?

모르겠다.

부모에게 반기를 들게 되면 고은은의 앞날은 한 치 앞도 볼 수가 없게 된다.

잘은 모르겠지만 고은은의 부모라면 능히 수단과 방법을 가리지 않고 앞길을 막고 데려가려고 들 것이 확실하다.

더 나아가서 가슴 절절한 사랑을 한 것도 아니다. 어느 한 명이 없으면 죽을 만큼 깊게 서로에 대해 안 것도 더더욱 아니다.

보내줘야 한다.

그게 맞다.

당장의 감정에 취해서 맞서기에 현실이란 벽은 그리 녹록치가 않다.

그걸 알면서도 수의 가슴은 끝내 현실을 외면하고 말았다.

"저요, 현실 그런 거 모릅니다."

"수 씨."

"가지 마세요."

"……."

"뭘 걱정하는지 알아요. 아는데, 가지 마요."

수는 구구절절하게 다른 말을 하지 말았다.

그도 남자다.

남자가 여자를 잡았다.

가지 말라고.

그 한마디엔 많은 의미가 내포되어 있다.

그녀가 뭘 우려하는지는 알지만 최소한 그것 때문에 걱정을 하게 만들지 않겠단 말이다.

'남자가 한 여자를 좋아한다면 이 정도 각오는 있어야지. 내게 과분할 만한 여자라면 특히 더.'

젊음의 치기 어린 행동이 아니다. 그만큼 수의 의지는 확고했다.

"하지만 수 씨……."

겨우 잠그고 있던 밸브에서 왈칵 눈물이 쏟아질 거 같았다.

너무 고마워서.

하지만 그 고마움이 피해로 가길 원치 않기에 그녀는 그 마음을 받을 수가 없었다.

"두 번 말 안 합니다. 가지 마요."

"……."

단호한 말에도 불구하고 고은은은 쉬이 결단을 내리지 못했다.

자기 때문에 누군가가 힘들길 바라지 않았다.

하물며 그게 그녀가 마음에 품고 있는 사람이라면 더더욱 그러했다.

감정 표현에는 솔직했지만 이러한 결정의 순간에서 우유부단한 모습을 보이자 수가 먼저 결단을 내렸다.

와락!

수는 말 한마디 없이 한 손으로 고은은의 손을 잡고, 다른 한 손으로 그녀의 캐리어를 뺏었다.

"……!"

수의 박력 있는 행동에 그녀의 눈이 휘둥그레졌다.

백 마디 말보다 한 번의 행동이 더 진정성이 느껴지는 법.

진심이 맞잡은 손을 타고 전해졌다.

"저랑 같이 있죠."

"자, 잠깐만요, 수 씨."

"……."

수는 대꾸가 없이 앞만 보고 걷는다.

얼떨결에 끌려가던 고은은이 그런 그를 보며 재차 물었다.

"어, 어디 가는데요?"

"도망 못 가게 해야죠."

"네?"

"이래 가지고 대국에 집중할 수 있겠어요? 절 믿는다면 같이 유성호텔로 돌아가요."

"수 씨……."

고은은이 뒷말을 흐렸다.

이렇게까지 얘길 하는데 더 무슨 말이 필요할까?

현실의 벽을 떠나서 여자라면 누구든 이 남자를 믿고 싶을 것이다.

'알아, 이러면 안 되는 거 아는데…….'

알면서도 믿고 싶어진다.

아니, 이미 믿고 있다.

'이 남자한테, 기대고 싶어.'

억지로 끌려가던 인상을 주던 고은은이 수의 어깨에 머리를 살짝 기댔다.

예상치 못한 일에 수가 흠칫 어깨를 떨었지만 내색하지 않았다.

'엄마, 아빠, 미안. 오늘부터 나 불효녀 할래.'

나란히 서서 걸으며 고은은이 웃었다. 모처럼 짓는 환한 미소다.

Chapter 4

1

청주공항 주차장.

느긋하던 실내에서와 달리 수와 고은은은 전신이 땀으로 촉촉해질 때까지 서둘러서 뛰어나왔다.

여객 터미널과 가장 가까운 곳에 파킹을 해놓은 원성진 4단의 애마 아우디 A7가 기다리고 있었다.

"수 씨 차예요?"

"아뇨, 원성진 4단이 빌려줬어요. 꼭 가서 잡으라고. 그런 여자 놓치면 후회한대요."

시간에 쫓기는 상황에서도 수는 여유를 잃지 않았다.

급할수록 돌아가라는 말처럼 이럴 때일수록 조바심을 내지 않는 게 필요하단 격언을 몸소 실천해 보이고 있었다.

　　그러자 고은은이 물었다.

　　"좋은 말이긴 한데…… 운전 잘해요?"

　　"뭐, 군대에서 좀 했으니까 못 하진 않아요."

　　나름 자부심이 느껴지는 말투였으나, 고은은은 어딘지 석연치 않았다.

　　"와인딩 해본 적 있어요?"

　　"그게 뭐죠?"

　　수는 짐짓 이해하지 못하고 반문했다.

　　아무래도 생소한 단어다.

　　그 뜻을 보자면 구불구불하단 의미다.

　　사전과는 다른 의미로 사용되는 말 같은데 수에겐 금시초문이었다.

　　"저 때문에 많이 늦은 거 알아요. 일분일초라도 그 시간 벌어드릴게요."

　　"도대체 무슨 말을……."

　　"운전대 제가 잡죠."

　　"……!"

　　수가 깜짝 놀랐다.

　　'우, 운전대를 맡겨야 하나?

막상 달라고 하니 수는 망설여졌다.

우리나라의 정서상 여자보다 남자가 운전을 잘하며, 우월 감을 느끼는 경우가 많다.

그 때문에 부부끼리도 와이프한테 운전대를 맡기면 싸운 다는 말이 나온다.

괜히 김 여사라는 말이 나왔을까?

또 수는 운전병 출신이다.

나름대로 운전 실력에 자신이 있었다.

그런데 고은은이 키를 넘기라고 하니 당황스럽긴 마찬가 지다.

"국제 면허증도 있으니까, 법에 걸리는 거 없어요. 저 믿고 운전대 넘겨요."

수가 잠시 갈등했다.

이 정도로 강하게 말하는 거면 그만한 이유가 있을 거라고 생각했다.

"알았어요. 대신, 조심하셔야 해요."

"걱정 말고 타요."

아우디 A7에 타기가 무섭게 수가 내비게이션을 찍었다.

도착 장소는 대전에 위치한 유성호텔이다.

시트와 미러를 자기의 신체 사이즈에 맞게 조정한 고은은 이 말했다.

"도심 지역에 들어서면 저한테 바로바로 방향을 일러주세요. 내비게이션에만 의존하면 헤맬 수가 있어요. 알았죠?"

"무슨 말인지 알겠어요."

수는 좀 전까지 그윽한 눈길을 주고받던 고은은이 맞나 의심스러웠다.

운전대를 잡게 되니 전혀 다른 사람이 된 것처럼 굴고 있는 까닭이다.

'또 새로운 면을 보네.'

그런 고은은의 이색적인 모습이 싫지 않았다.

자고로 남자는 거칠게 운전하는 여자의 모습에서 매력을 느낀다고 하지 않나.

수도 그런 범주에서 크게 벗어나지 않았다.

"갑니다, 꽉 잡아요."

"네, 출발…… 헉!"

말이 끝나기도 전에 몸이 뒤쪽으로 확 젖혀지는 가속에 수가 헛숨을 들이켰다.

차가 그리 많지 않은 한가한 외곽도로이긴 했지만 고은은의 발진에서 심상치 않은 내공이 느껴졌다.

'잠깐, 아까 말한 와인딩이 혹시?'

수의 기억 저편에서 어렸을 적에 보았던 애니메이션 한 편이 머릿속을 강타했다.

이니셜 D.

평범한 고교생이 매일같이 오르내리는 급커브가 많기로 유명한 산에서 우연히 아마추어 다운힐 경주를 하는 이야기를 다루는 만화 영화다.

'내가 기억하기로 그런 경주를 가리켜 와인딩이라고 했던 거 같은데……'

가물가물했었던 기억의 조각이 확신으로 바뀌기까지는 그리 오랜 시간이 걸리지 않았다.

으르릉!

요란한 엔진 배기음이 실내로 밀고 들어온다.

300마력이 넘는 힘은 세상 어디로라도 데려갈 듯 거침없이 밀고 나아간다.

"아, 앞에!"

시속 100㎞가 넘게 질주를 하며 앞차에 바싹 붙는 걸 보고 수가 저도 모르게 문에 달린 손잡이를 꽉 잡고 말았다.

획!

부딪칠지도 모른다는 수의 공포심과는 달리 고은은은 환상적인 드라이빙을 뽐내며 부드럽게 추월해 버렸다.

곡예에 가까운 드라이빙이다.

고속도로에 들어서며 테크닉은 더욱 빛을 발했다.

속도위반 신호에 걸리지 않게 가속과 감속을 반복하면서

도, 다른 운전자들에 최대한 피해가 가지 않게 차선 변경을 자제하며 속도를 높였다.

그야말로 군더더기라고는 찾아볼 수가 없는 깔끔한 드라이빙이다.

"으, 은은 씨."

"쉿! 말 걸지 마요. 집중하게."

"……."

본전도 못 찾은 수는 입을 다물고 말았다.

운전대만 잡으면 성격이 변하는 사람이 있다던데 아마 고은은이 그런 타입이 아닐까 싶었다.

'이런 와일드한 면도 있고…… 볼수록 귀여운 구석이 있다니까.'

평균과 많이 벗어난 취향.

수의 눈에 콩깍지가 제대로 쓰인 모양이다.

2

똑깍똑깍.

바둑판 옆에 놓인 초시계가 쉬지 않고 돌아간다. 대국은 더 이상 진행이 되지 않고 있지만 계시원은 빼먹지 않고 시간을 체크한다.

"……."

원성진 4단이 힐끔 시간을 확인했다.

각각 제한 시간 두 시간.

도합 네 시간이다.

'아직인가?

이미 원성진 4단에게 주어진 제한 시간 두 시간은 모두 소진해 버린 지 오래다.

그래야만 원성진 4단이 착수를 하게 되고, 이어서 자리를 비운 수의 제한 시간을 자연스럽게 소진할 수 있기 때문이다.

하지만 그것도 이제 한계다.

제때 나타나지 않는다면 초읽기로 넘어가게 된다.

제한 시간 30초가 주어지게 되는데, 무조건 시간 안에 착수를 해야 한다.

3번의 기회가 주어지는데 이 기회를 모두 어기게 되면 시간패로 지고 만다.

'내가 오늘을 얼마나 기다렸는데…… 날 실망시키면 곤란하다고. 서둘러!'

원성진 4단은 마음속으로 수가 빨리 도착하기를 바랐다.

그 못지않게 다른 의미로 애가 타게 수를 기다리는 사람이 한 명 더 있었다.

바로 김 실장이다.

수의 이탈 소식을 전해 들은 장 이사는 대전지부에서 있던 미팅을 급히 끝내곤 유성호텔까지 손수 찾아와 스튜디오를 지키고 있었다.

장 이사가 입술을 빨며 물었다.

"전화해 봤어?"

"곧 도착한다는 말만……."

"곧이 언젠데?"

"……."

"돌아버리겠구먼, 이거."

김 실장도 답답하긴 매한가지였다.

'어쩌다 일이 꼬여 버린 거지?'

생각을 하면 할수록 화가 나는 일이다.

기권을 하는 건 개인의 자유다.

그건 진성화재배에 참가를 한 선수의 권리다.

그러나 이건 아니다.

수백만 명에 육박하는 한중일 바둑 시청자가 주목을 하는 세계기전이다.

이유야 있겠지만 이런 식으로 대국 도중에 자리를 박차고 나가는 건 좋지 않다고 본다.

'오디션 프로그램에서 돌발 행동을 한 건 이유가 있었거니 했는데, 이제 보니 꽤나 무책임한 사람이야. 내가 사람을 잘

못 봤어.'

김 실장은 내심 수라는 인간에게 호감을 갖고 있었다.

노래뿐만 아니라, 바둑, 심지어 외국어에도 능통한 다재다능을 높이 샀다.

또, 자신을 낮출 줄 알면서도 함부로 보이지 않는 자세도 마음에 들었다.

그랬는데 이렇게 뒤통수를 칠 줄은 꿈에도 생각지 못했다.

'이대론 못 넘어가. 한국기원 측에 정식으로 제재를 요청하겠어.'

그런 결심을 굳힐 때였다.

시간은 덧없이 흘러 이제 제한 시간의 대부분을 소진하고 말았다.

"30초 남았습니다."

계시원이 남은 시간을 일러줬고, 그 목소리는 방송을 타고 전파를 탔다.

다들 한결 같은 시선으로 스튜디오 밖을 향했다.

저 문을 열고 수가 나타나기를 간절히 바라는 것이다.

"5, 4, 3, 2, 1. 초읽기에 들어갑니다."

무심하기 짝이 없는 계시원의 말에 여기저기서 나지막한 탄성이 들린다.

'틀렸군.'

김 실장은 포기했다.

애초에 무책임하게 그리 나가 버렸는데 돌아올 거란 기대는 크게 하지 않았다.

"하아."

원성진 4단도 낮게 한숨을 내쉬었다.

초읽기에 허용된 시간을 모두 다 더해봐야 이 분이 채 넘지 못한다.

지금까지 오지 못했는데 기적처럼 딱 나타난다면 모를까.

끼이익!

그 순간, 굳게 닫혀 있던 대리석 문이 열렸다. 혹여나 하는 기대감으로 모두의 시선이 쏠렸다.

"헉헉…… 아직 안 늦었죠?"

"이수 씨!"

거친 숨소리가 증명을 하듯 호텔에 도착하자마자 뛰어온 티가 역력했다.

"시간은?"

수가 숨을 돌릴 틈도 없이 대국장까지 또 허겁지겁 달려왔다.

그러자 김 실장이 시간을 재차 확인하면서 재촉했다.

"마지막 초읽기입니다. 가서 바로 착수하지 않으면 시간패하고 말아요!"

"아직 안 늦었단 얘기네요."

수의 눈빛이 바뀌었다.

내심 너무 늦은 것 같아 자포자기했는데, 기적적으로 제시간에 도착을 한 것이다.

얼른 스튜디오 안으로 달려 들어간 수가 장시간 비워뒀던 소파에 착석했다.

"오래 기다렸다고."

원성진 4단이 소리를 죽여 입모양으로 수를 환영해 줬다.

수는 눈빛과 미소로 고맙단 말을 전하고는 바둑판을 내려다봤다.

앞서 떠나기 전에 두었던 24수의 포석이 고스란히 보존되어 있었다.

"마지막 초읽기입니다. 10, 9, 8……."

이제 수에게 물러날 곳은 없다.

제한 시간 내에 착수을 하지 못한다면 시간패로 수의 패배가 되어버린다.

수는 서둘러서 돌을 집었다.

어디에 둘 것인가는 크게 고민이 필요치 않았다.

유성호텔로 돌아오는 내내 이 포석을 수십, 수백 번 더 떠올렸다.

중반까지 깊게 생각하며 시뮬레이션한 바둑만 하더라도

족히 몇십 판은 될 것이다.

'일단 하변을 먼저 정리하는 게 급선무야.'

탁!

수가 망설임 없이 돌을 놓았다.

이미 대략적인 생각은 정리가 되어 있었지만 그렇다고 안심하기엔 이르다.

똑같은 시간을 부여받은 원성진 4단도 그 못지않게 판의 밑그림을 짰을 게 분명하다.

'초반에 내가 집중을 하지 못한 탓도 커. 돌이 너무 어지럽게 흩어져 있어.'

어쩔 수가 없는 일이다.

남의 탓을 할 수도 없다. 전부 다 수가 초래한 일이기 때문이다.

'상관없어. 아직 초반이야. 이제부터 만회해도 늦지 않아.'

진짜 승부는 이제부터다.

3

"이럴 수가 있나요? 진성화재배 역사에 전무후무한 대국이 벌어지고 있습니다."

해설을 맡은 강혁 사범은 이 놀랍고도 신기한 일을 어찌 설명해야 할지 말이 떨어지지 않았다.

그가 현역 기사로서의 왕성한 활동보다 후학 양성과 해설 쪽 전문으로 나선 지가 15년 가까이 되었는데, 그간 한 번도 보지 못한 경우다.

최미희 진행도 당황스럽기는 만찬가지다.

"두 기사 본의 아니게 속기 바둑이 되어버리고 말았는데요. 과연 어느 기사가 더 유리할까요?"

"시청자분들도 아시다시피 원성진 4단은 속기에도 매우 강하죠."

"역시, 원성진 4단 쪽이 우세할까요?"

"꼭 그렇다고 볼 수는 없습니다."

"그러면?"

최미희 진행이 슬쩍 다시 반문을 하며 다음 말을 유도했다.

"제가 대국 전에 잠깐 원성진 4단을 만났는데, 이런 말을 하더군요."

"어떤?"

"이수 초단이 프로의 세계에 와서 정말 기쁘다. 오늘 그와 두기를 몹시 기대한다."

아직 공식적으로 한국기원의 인증을 받지는 않았지만, 이미 포인트 제도로 인해 입단이 확정된 만큼 진행자 최미희와 강혁 사범은 수에게 초단이라는 수식어를 붙였다.

"그 말은 원성진 4단이 이수 초단을 인정했단 말로 들리는데요?"

"네, 그렇습니다."

"이거 놀랄 일이네요. 그 자존심 강하고, 남을 인정하지 않기로 유명한…… 헙! 제가 그만 실언을 하고 말았네요. 죄송합니다."

자기도 모르게 그만 주관적인 생각을 드러낸 최미희 진행이 얼른 사과했다.

"아뇨, 바둑팬이라면 원성진 4단의 성격을 모르는 사람이 없는걸요. 저도 그렇게 생각합니다. 남을 잘 인정하지 않기로 유명하죠. 연구생 때부터 가르친 제가 보증합니다."

"그만큼 이수 초단을 높게 평가한단 뜻이네요."

강혁 사범이 고개를 주억거렸다.

처음 원성진 4단에게 수라는 존재를 알려줬을 때가 떠올랐다.

진성화재배 2차 예선장에서 수의 대국을 본 원성진 4단의 표정은 예상지 못한 숨은 고수의 등장을 경계하기보단, 호적수의 등장에 희열을 느끼고 있었다.

'성진이의 마음이 이해가 가. 라이벌이 나타나길 녀석이 얼마나 바랐던가?

연구생 시절부터 원성진 4단의 막강함은 그야말로 독보적이었다.

적수를 찾아보기 힘들 정도로 강력했으니, 당연히 라이벌도 없었다.

프로에 입단을 하고서도 크게 달라지지 않았다.

이미 국내에 원성진 4단에 맞설 만한 프로 바둑기사는 존재하지 않았다.

원성진 4단의 시선은 자연스럽게 해외로 향했다.

중국의 천예오예 3단이나 구리 9단 등 초고수들이 즐비했으나 아쉽게도 그들도 역부족이다.

특히 세간의 주목을 받는 천예오예 3단은 원성진 4단과의 맞대결이 몇 차례 무산되며 제대로 실력을 겨룰 기회조차 앗아가 버렸다.

원성진 4단은 고독했다.

나 홀로 강한 자는 언제고 도태되게 마련이다.

그래서 그가 누구보다 더 라이벌의 등장을 반기는 걸지도 모른다.

"얼떨결에 속기 바둑이 되어버려서 해설을 할 시간이 충분할지 모르겠습니다만, 최대한 팬분들께 전해 드리고자 노력하겠습니다."

"그러면 두 기사의 대국을 보도록 하겠습니다."

중계 화면이 다시금 두 사람의 대국 화면으로 넘어갔다.

4

유성호텔 로비.

한적한 전면 유리창 아래에 마련된 테라스에 고은은과 천예오예 3단이 마주 앉아 있었다.

"돌아올 줄 몰랐는데, 무슨 바람이 분 거냐?"

다 알고 있으면서 천예오예 3단은 아무것도 모르는 척 시치미를 뗐다.

남자의 자존심이 있지, 자기가 나서지 못하고 수에게 귀띔해서 대신 보냈다곤 말할 수가 없었다.

"그냥 뭐, 가기 싫더라고."

고은은도 아무것도 모르는 척 받아쳤다.

"하여간. 지 멋대로라니까."

"천예오예."

"왜?"

"고마워."

고은은이 가슴에 꾹 눌러두고 있던 진심을 전했다.

만약 천예오예 3단이 아니었다면 수는 그녀를 붙잡기 위해 공항까지 오지 않았을 것이다.

그리되었으면 고은은은 상해행 비행기에 탔을 거고 지금쯤 어느 유명 미용실에 들러서 치장을 하고, 드레스를 고르고 있었을 것이다.

마음에도 없는 생전 처음 보는 남자의 마음에 들고자 말이다.

최소한 본인의 의지와 상관없는 그런 인생을 잠시 보류할 수 있게 되었다.

"그런 말 낯간지러우니까 하지 마."

"너답다."

고은은이 엷은 미소를 머금었다.

참 아름다운 웃음이다.

남자의 혼을 쏙 빼놓을 수 없는 미소, 백만 불짜리 미소란 저런 게 아닐까 싶을 정도다.

'쳇! 나도 참. 언제까지 이럴 참이지?'

천예오예 3단은 흔들리는 마음을 다잡았다.

더는 그가 끼어들 여지조차 없기에.

친구로라도 그녀의 곁에 있기 위해 감정 정리를 결심한 그였다.

"앞으로 어쩌려고? 오늘 안 갔다곤 하지만, 언제까지 여기에 있을 수는 없잖아?"

"나도 그게 걱정이야."

천예오예 3단은 현실적인 부분을 언급했다.

무작정 부모의 뜻에 반항을 하기보단 명확한 대처가 필요한 까닭이다.

"다른 건 다 그렇다 쳐. 모아놓은 돈도 꽤 있을 거고, 너 정도면 모델이든, 한국바둑리그든 뭐든 일할 덴 꽤 있을 거니까."

"그런가."

"문제는 비자야."

고은은도 동의한다는 듯이 위아래로 머리를 주억거렸다.

중국인 아버지와 호주인 어머니 사이에서 태어난 고은은은 현재 이중국적을 취득하고 있다.

무비자로 출입국이 가능한 호주 덕분에 당장 한국에서 생활을 하는 건 크게 무리가 없다.

다만, 그건 어디까지나 관광을 목적으로 할 때다.

정착을 하고자 한다면 취업 비자든 뭐든 취득이 필수적이다.

"따로 알아봐야지. 정 안 되면 네 말대로 한국바둑리그라도 나가봐야지."

말은 쉽게 하고 있지만 그리 녹록치가 못하다.

우선 고은은의 아버지 리밍의 영향력이 대외적으로 무시할 수가 없다. 어떤 식으로 그녀의 인생에 훼방을 놓을지 모른다.

"쉽진 않겠네. 그래도 뭐, 얼굴은 좋아 보인다."

천예오예 3단이 솔직한 심정을 담아 웃으며 얘기했다.

부모의 일만 나오면 말라 죽을 것 같은 표정을 지어 늘 안쓰러웠는데 참 오랜만에 고은은의 생기 넘치는 모습을 볼 수가 있어 좋았다.

고은은도 부정하지 않았다.

"지금 행복해."

"두 분의 품에서 벗어날 수 있어서?"

"그것도 있고. 너도 알잖아?"

"……알지."

굳이 따로 언급을 하지 않아도 천예오예 3단도 익히 알고 있다.

이수.

어제 있었던 진성화재배 16강전에서 그를 격파하고 당당하게 8강에 오른 것도 모자라 오랜 친구이자 짝사랑하던 고은은의 마음까지 훔쳐 가버린 아주 얄미운 놈이다.

천예오예 3단이 씁쓸한 미소를 지었다.

"오늘 돌아가면 언제 또 볼지 모르겠네. 그때까지 건강하고."

"너도. 오늘 일 평생 고마워하며 살게."

"그러든지 말든지."

평생가도 고은은은 모를 것이다.

지금 듣고 있는 고맙단 말이 얼마나 가슴 찢어지는 선택에서 비롯되었음을 말이다.

Chapter 5

1

프로 바둑기전에서 시간의 압박감이란 참으로 대단하다.

아직 완전한 수읽기가 되지 않은 채 시간에 쫓기다 보면 불확실한 수를 둘 수밖에 없다.

그런 경향은 속기 기전에서 특히 두드러진다. 완벽한 바둑보다는 감각에 의지한 바둑이 아무래도 강점을 띨 수밖에 없다.

그러다 보니 예전 이창호 9단처럼 치밀한 바둑을 구사하는 기풍의 프로 바둑기사들이 크게 두각을 나타내지 못했다.

'대단한 압박감이야. 계시원이 남은 초를 얘기할 때마다

자꾸 신경이 쓰여.'

진성화재배는 수가 처음으로 참가한 공식 기전이다. 그러다 보니 초읽기라는 시간에 쫓겨 바둑을 두기 또한 처음이다.

'완벽한 수읽기가 불가능해. 이건 누가 더 실수를 덜 하고, 누가 더 약점을 잘 물어뜯느냐는 싸움이야.'

일반 속기 기전이라고 하더라도 평균 초읽기로 주어지는 제한 시간은 1분 30초다.

즉, 1분 30초 안에 착수를 한다면 괜찮다는 의미다.

하지만 수와 원성진 4단은 불과 30초 안에 다음 수를 두어야만 한다.

결코 쉽지 않은 일이다.

하물며 세계 최정상급 기사인 원성진 4단이 상대라면 더더욱 그러하다.

'기죽으면 곤란하지. 아직 둘 만하다고.'

이런 속기 바둑에 대한 경험이 부족한 수는 자칫 평정심을 잃을 수도 있건만 오히려 자신감 있게 다음 수를 착수했다.

그 근간에는 저번 상해기원에서 2박 3일간 묵으며 경험했던 중국 프로 바둑기사들과의 대국이 크게 도움이 되고 있었다.

'그때도 속기 바둑이었어. 쉼 없이 수십 판의 대국을 두었던 만큼 감각과 모양에 의존하는 바둑을 익힐 수 있었다고.'

배움은 끝이 없다고 했다.

설마 그때의 경험이 오늘 이 대국에서 큰 도움을 줄 줄은 꿈에도 생각지 못했다.

'할 수 있어. 이길 수 있다고.'

수는 자신감을 갖고 맞섰다.

반대로 맞서고 있는 원성진 4단은 내심 감탄을 금치 못했다.

'오랜 시간 자리를 비웠었다. 또 공식 대국에서 초읽기에 몰리는 것도 처음일 텐데…… 한 수, 한 수 받아치는 게 매서워.'

상대 기사를 쉬이 인정하지 않기로 유명한 원성진 4단이지만 수에 대해서만큼은 후할 만큼 좋은 평가를 내렸다.

그건 수의 현재 실력뿐만 아니라 가능성을 높이 평가하기 때문이다.

'내 눈은 틀리지 않았어. 나와 수십 년을 겨루어 나갈 라이벌이야.'

그간 고장이라도 난 듯이 숨죽이고 있던 심장박동이 빨라진다.

몸속에 흐르는 피가 뜨거워지는 기분이다.

처음 바둑을 배우고 하나하나 알아갈 때 느꼈던 이후로 처음 맞는 희열이다.

얼마나 이런 맞수를 기다렸던가?

원성진 4단은 신이 났다.

역사가 말해주듯이 라이벌이 없이 발전도 없다.

서로가 서로와 견주며, 경쟁을 하는 것이야말로 한계를 뛰어넘어 더 발전을 할 수 있는 가장 중요한 밑거름이 되어주기 때문이다.

'널 인정하지만, 오늘 대국은 내가 이긴다.'

겨우 성사된 첫 대국이다.

누가 먼저 위에 서느냐 가늠할 수 있는 좋은 기회다.

원성진 4단은 항상 위에 있고 싶었다. 언제까지고 그 자리를 지킬 의지가 강했다.

탁!

그는 매섭게 흑을 몰아쳤다.

속기 기전의 특성상 작은 전투로 말미암아 바둑판 전체가 전쟁터로 변하는 일이 부기지수다.

지금도 딱 그랬다.

눈에 띄는 실수는 없지만 기세 싸움이 대단하다.

어느 한쪽도 작은 것 하나도 양보할 생각이 없다는 듯이 격하게 대응을 한다.

초반 포석으로 얻은 유리함 따위는 이미 사라진 지 오래다.

무려 여섯 군데에서 흑과 백의 작은 공방이 일어난다.

그러한 공방은 점차적으로 확산이 되어간다.

하변의 공방이 잠시 후 벌어진 좌하귀의 전투에 영향을 끼친다.

백이 얻은 세력으로 하여금 흑이 제대로 실리를 챙기지 못하게 만든다.

그로 인해 흑은 두터움을 갖는다.

실리를 내어주고 얻은 득은 우상귀에서 벌어진 전투에 또 영향을 준다.

나비효과라는 말이 있다.

나비의 날갯짓이 커다란 변화를 유발시켜 폭풍우를 유발시킬 수 있다는 현상을 뜻하는 말이다.

지금이 딱 그러했다.

언제 어디서 벌어진 전투가 어느 곳에 어떠한 방식으로 영향을 끼칠지 모르는 일이다.

'꽤 흥미진진한데? 그래도 이기는 건 나야.'

절대 기세를 내어줄 생각이 없는 원성진 4단.

그에 반해 수도 이대로 물러설 생각은 추호도 없었다.

'이 승부 갈 데까지 가보는 거야.'

2

"두 기사 초읽기에 몰린 상황에서 엄청난 대국을 보여주고 있네요."

점차 중반으로 접어드는 대국을 보며 최미희 진행이 운을 떼었다.

치열하게 이어지는 전투다 보니 그 변화의 수만 해도 무궁무진했다.

강혁 사범이 홀로 그 여파에 대해 설명을 하고 이해를 돕고자 부단히 애를 썼지만 모든 걸 전달하기엔 시간적으로 무리였다.

"그야말로 경이로운 수준입니다. 두 기사 이 짧은 시간에 어떻게 이런 수를 둘 수가 있죠?"

강혁 사범도 한술 더 떠서 수와 원성진 4단을 칭찬했다.

중립을 지키는 게 보통인 강혁 사범이 이런 말을 할 정도면 지금의 대국 수준이 어느 정도인지 짐작이 가능하다.

"전 살짝 의외인 게, 원성진 4단은 원래 전투를 즐기는 기사가 아니지 않나요?"

"그리 알려져 있으나, 그거야말로 크게 잘못 알고 계신 겁니다."

"네?"

"표현을 하자면 이런 겁니다. 전투를 해서 얻은 이득으로 바둑을 이기는 게, 전투적인 바둑을 선호하는 프로 바둑기사의 기풍이죠."

"그런데요? 원성진 4단과 딱 반대되는 기풍이 아닌 가요?"

최미희 진행자는 이해가 가지 않는다는 듯이 그리 반문을 했다.

일리가 있는 말이다.

이제까지 대국을 보더라도 원성진 4단은 결코 먼저 전투를 걸어서 무모하게 노리거나 하는 경우는 극히 드물었다.

오히려 차분하게 능동적으로 대처를 하면서 발 빠르게 상대를 압도하는 경향의 바둑을 더 많이 두었다.

강혁 사범이 콧등까지 내려온 안경을 고쳐 쓰며 말을 받았다.

"원성진 4단은 애초에 싸움이 필요하지 않는 기사입니다."

"잘 이해가 가지 않는데요?"

"그의 별칭이 신산입니다. 완전무결에 가까운 바둑. 먼저 싸움을 걸어 이기지 않더라도, 그 자체만으로도 상대방을 압도하는 바둑을 두는 기사란 말이죠."

"……!"

그제야 말뜻을 이해한 최미희 진행자의 얼굴이 경악으로 물들었다.

"조금은 알 거 같아요. 상대로 하여금 조급하게 만들어서 무리하게 전투를 걸지 않으면 이기지 못하게 만드는 거 맞나요?"

강혁 사범이 흐뭇하게 웃으며 고개를 끄덕였다.

"정확히 이해하셨네요."

"아, 진행을 하면서 원성진 4단의 대국을 볼 기회가 많았거든요. 왜 자꾸 상대 대국자가 무리를 하나 의아했는데, 그 말씀을 들으니 조금은 이해가 되는 것 같습니다."

"그러면 더 재미있는 사실을 하나 알려 드릴까요?"

"네, 듣고 싶네요."

최미희 진행자는 정말 호기심을 느낀 듯 눈을 반짝거렸다.

"이수 초단도 비슷한 기풍이란 점입니다."

"원성진 기사와 말씀인가요?"

"네."

강혁 사범이 확신에 찬 어조로 대꾸를 하자 오히려 당황을 한 건 최미희 진행자다.

아무리 그래도 원성진 4단은 세계 최정상급 기사고, 이제 포인트 제도로 갓 입단을 한 수와 비교를 하는 건 무리라는 생각 때문이다.

"잘 납득이 안 되시죠?"

"솔직히 말하자면, 네."

"대국을 보시면 아시게 될 겁니다. 보시죠."

다시 중계 화면은 바둑판 위로 바뀌었다.

3

한국기원은 여느 때보다 열띤 토론이 오가며 복기가 진행되고 있었다.

워낙 빠른 속기로 진행되는 수와 원성진 4단의 대국을 놓고 수십 가지의 변화를 두고 각자의 의견이 분분하게 나뉘었다.

"여기선 차라리 끊는 게 나았을 거 같은데."

"그러면 여기서 백이 늘 거야. 그러면 다음 응수가 곤란해져."

"차라리 패를 거는 건 어떨까?"

"너무 이르지 않아?"

하나의 변화에 의견을 논하기가 무섭게 다른 변화가 튀어나온다.

판을 전개가 급진적이다 보니 약한 돌이 많아질 수밖에 없다.

그러다 보면 필연적으로 많은 변화를 낳게 마련이다.

'수준 높은 대국이다. 속기인 걸 감안한다면, 어제 천예오예 3단과 둔 대국 수준 이상이야.'

조치현 9단은 감탄을 금치 못했다.

올해 그의 나이는 54살이다.

시니어부로 분류가 되는 노장의 반열에 오른 지도 몇 년이 됐다.

세월은 거스를 수 없다고 재기와 총기로 똘똘 뭉친 어린 기사들을 상대로 지금의 자리를 유지하는 건 결코 쉽지가 않았다.

'이제 은퇴할 때가 정말 됐군.'

이 대국을 관전하며 조치현 9단은 참 많은 생각을 하게 됐다.

가장 먼저 든 생각은 저 두 기사를 상대로 이길 수 있느냐는 자문이다.

솔직히 말하자면 자신이 안 든다.

지금은 한발 떨어진 곳에서 관전을 하는 것뿐이니 많은 수를 읽을 수가 있다.

하지만 저 자리에 앉아 있는 입장이라면 지금처럼 넓고 깊게 많은 수를 헤아릴 자신이 없었다.

그걸 알면서도 조치현 9단이 은퇴를 하지 않는 이유는 한국 바둑 때문이다.

한국기원의 최고 어른인 조영남 9단의 후배 기사들을 이끌어달란 말 때문에 오늘도 기원까지 나와서 연구에 동참하고 있었다.

'눈에 띄는 인재가 없어 걱정이었는데, 괜한 기우였었군.'

어제의 수가 보여준 저력은 쇼킹 그 자체였다.

천예오예 3단을 상대로 보여준 모습은 그야말로 일품이었다.

하지만 단 한 판의 대국으로 수의 전부를 평가하기엔 일렀다.

오늘 대국을 주목한 이유다.

감히 신산이라 불리는 원성진 4단을 상대로 어느 정도 대적을 하느냐에 따라서 정확한 그의 실력을 가늠할 수가 있기 때문이다.

그런데 웬걸?

그런 의문부호가 민망하리만치 동등한 대국을 두고 있었다.

'한국 바둑의 미래는 밝아.'

많이도 필요 없다.

딱 두 명이면 된다.

조치현 9단은 앞서 강혁 사범이 말했던 라이벌의 참 의미를 누구보다 잘 알고 있다.

누군가 앞서가면 서로에게 자극제가 된다.

뒤처지기 싫어서 악착같이 노력을 하게 된다.

막연한 경쟁이 아닌, 꼭 이기고 싶은 상대는 한계를 초월하게 만든다.

'나도 저랬던 적이 있었지.'

조치현 9단 역시 한 시대를 풍미했던 기사다.

비록 이젠 그 나이에 치여 크게 기를 펴지 못하고 있지만 그가 쌓아 올린 업적과 한국 바둑에 미친 영향은 그야말로 지대하다.

'그건 그렇고 정말 치열해. 용호상박이란 말이 딱 맞아떨어져.'

용과 호랑이는 어느 한쪽의 우위도 없다.

한쪽이 물어뜯으면, 다른 한쪽도 물어뜯게 마련이다.

쉽사리 승패를 예상할 수가 없다.

그렇다고 또 어느 한쪽이 큰 실수를 저지를 것 같지도 않다.

두 기사 모두 집중력은 최고조다.

'변수는 초읽기인데……'

30초 초읽기가 갖는 변수는 생각 이상으로 크다. 세 개의 변화를 계산에 넣어둔다고 해도, 나머지 네 번째의 변화를 잃지 못한다면 곧 패배로 직결이 된다.

나는 못 읽었으나, 상대방이 읽는다면 대국의 승패를 판가름 짓는 요소가 되어버린다.

'만약 초읽기에서 승패가 갈린다면 원성진 4단 쪽이 더 우

세해.'

조치현 9단이 내다본 예상은 바둑 외적인 부분의 영향에 주안점을 뒀다.

이미 수는 3번의 초읽기를 모두 소진해 버린 상태였다.

만약 30초 안에 착수가 이루어지지 않으면 패배가 불가피하다.

그러나 원성진 4단은 다르다.

초읽기 3회가 아직 남아 있었다.

즉, 30초 안에 착수를 하지 않아도 3번은 괜찮다는 의미다.

크게 느껴지지 않지만 승부처에서 이 초읽기 3회가 불러올 파장은 결코 작지 않다.

조치현 9단은 그걸 승부의 방향을 짐작할 수 있는 추라고 여겼다.

'과연 어찌 될지 끝까지 지켜볼까?'

한국 바둑의 미래를 이끌 두 기사의 대국에 조치현 9단이 빠져들어 갔다.

4

탁!

백이 젖히며 응수를 물었다.

큰 곳을 지킬 테냐?

아니면, 그곳을 내어주고 선수를 뽑을 테냐?

"……."

수는 쉬이 속내를 드러내지 않았다. 초읽기 30초를 최대한
다 활용하며 어느 것이 더 득이 될 것인지를 쉼 없이 생각했
다.

"10초 남았습니다. 5, 4, 3……."

탁!

계시원이 일러주는 시간에 오버되지 않게 맞받아쳤다.

앞서 응수를 물었던 원성진 4단의 표정이 미비하게 일그러
졌다.

'오히려 내 응수를 물어보겠다?'

이 와중에도 수는 쉽사리 백의 뜻에 따라줄 의향이 없어 보
였다.

너는 어쩌고 싶냐?

네가 진정 원하는 게 실리냐, 선수냐?

도리어 원성진 4단에 수가 응수를 물어본다.

'내가 원하는 건 둘 다.'

원성진 4단은 호기롭게 돌을 집더니 바둑판 위에 착수했
다.

탁!

모양은 좋지 않다.

빈삼각의 형태다.

바둑에선 돌이 무거워지고 효율 가치가 떨어져 두어지지 않는 수다. 하물며 프로 바둑기사는 최악의 상황이 아니라면 피한다.

그런데 모양이 전부가 아니다.

양쪽을 다 아우르는 수다.

참으로 신묘하다.

흑으로 하여금 실리와 선수 어느 한쪽도 원하는 대로 가져가지 못하게 만들어 버렸다.

같은 시각.

해설을 맡은 강혁 사범은 시청자에게 풀이를 해주며 감탄을 금치 못했다.

"모양은 좋지 않아 보입니다만, 대단한 수네요. 이 한 수로 흑은 갈피를 잃고 말았습니다. 흑의 세력을 지우면서, 백돌이 안정을 꾀합니다. 변화를 보시죠."

강혁 사범은 친절하게 시청자들이 읽지 못하는 변화의 안배를 일일이 돌을 놓아가며 설명했다.

깊은 수다.

너무 깊어서 아마추어 고단자들도 쉬이 그 변화를 다 읽을 수 없을 만큼 고절하다.

"이제야 조금 이해가 되네요. 원성진 4단은 그 짧은 초읽기에 이런 변화까지 읽다니, 대단하네요."

최미희 진행자의 말에 강혁 사범도 공감한다는 듯이 고개를 끄덕였다.

"과연, 세계 최고의 기사네요. 문제는 흑의 응수네요. 이한 수가 팽팽했던 대국에 어떤 영향이 끼칠지 의문이 드네…… 어? 지금 어디에 둔 거죠?"

"소, 손을 뗀 거 같은 데요?"

강혁 사범과 최미희 진행자 둘 다 당황을 금치 못했다.

절대 손을 뗄 곳이 아니다. 여기서 백을 자유롭게 방치하면 이제까지 쌓아 올린 흑의 세력이 말끔히 지워지고 만다.

그걸 수가 모를 리가 없는데.

"수가 나는 곳인 가요?"

"아뇨, 잘 보이질 않는데. 이건 자칫 패착이 될 수도 있습니다."

강혁 사범는 자못 심각한 표정을 지었다.

이제까지 명승부를 보여주다가 한쪽의 실수로 인해 패배가 결정되는 것만큼 해설자 입장에서 기운 빠지는 일도 없기 때문이다.

"어? 어. 자, 잠깐만요."

"왜 그러시는지?"

깜짝 놀란 얼굴로 뚫어져라 쳐다보는 강혁 사범의 머리가 빠릿빠릿 회전했다.

"어쩌면…… 이거 진짜 어쩌면 말입니다."

"말씀하세요."

"혹은 교환을 시도하려는 것 같습니다."

"교환이요?"

교환.

바둑은 비일비재하게 교환이 이루어진다.

작게는 한 집의 교환.

사석의 교환.

실리의 교환.

그 가짓수만 놓고 보면 절대 똑같을 수 없는 대국의 수만큼 많다.

이처럼 많은 교환이 이루어지지만 명확한 형세 판단이 서지 않는 교환은 자충수가 되어버리는 경우가 허다하다.

지금 같은 경우라면 더더욱 그렇다.

수는 이제까지 쌓아 올린 세력을 전부 다 버릴 각오를 했다.

대신 얻어 가려는 건 실리다.

단순한 실리도 아니고 백의 모양을 적절히 삭감하면서 실리도 취할 모양이다.

그뿐만 아니다.

백은 아직 미생의 대마가 있다.

혹은 대마를 공격해 다음 이득을 취할 것까지 계산에 넣어두고 있었다.

"이거 참 대단한 교환을 걸었네요. 보기엔 헛수로 보이지만 삭감이 상당합니다. 또 이리되면 혹의 모양이 갖춰져 자연스럽게 백의 대마를 공격할 수 있는 여건이 되네요. 실리도 취할 겁니다. 두 기사 입이 다물어지지 않네요."

강혁 사범은 입에 침이 마르도록 칭찬을 늘어놓았다. 역대급 대국이라는 말이 부족하지 않을 만큼 수준 높은 대국이 진행되고 있는 것이다.

탁!

백은 피하지 않았다.

빈삼각으로 구부러지게 두었던 백돌을 활발하게 움직이며 혹의 세력을 초토화시켜 버렸다.

"원성진 4단은 자존심이 센 기사죠. 이리되면 혹의 뜻대로 교환이 이루어질 것 같네요."

"누가 이득을 본 것인가요?"

"모르겠습니다. 혹이 두 곳을 연달아 두면서 얻은 득은 지금 당장은 보이지 않습니다. 앞으로 20수 아니면 최소 30수는 넘어야 알 것 같습니다."

"이수 초단이 그 앞까지 예측을 했다는 뜻인가요?"

최미희 진행자가 재차 물었다.

"아마도 그럴 겁니다."

"아마도요?"

"그러지 않고서야 저런 승부를 걸 수가 없을 테니까요. 확신이 없는 수를 두지 않는다. 그것이 프로의 세계에서 정상을 가리는 자질입니다."

강혁 사범은 거기까지만 설명을 하고 딱 입을 다물어 버렸다.

지금은 딴 얘기에 신경을 쓸 겨를이 없었다.

그의 본분은 해설이다.

조금이라도 시청자가 편안하고 쉽게 바둑을 이해하도록 돕는 일이다.

그러기 위해서 강혁 사범은 대국자들과 동등한 수준에서 대국을 판단하고, 생각하며, 설명을 할 줄 알아야만 한다.

'수읽기가 버거워. 집중을 하지 않으면 흐름을 놓쳐 버린다.'

Chapter 6

1

흑과 백은 타협하지 않는다.

그러나 어느 한쪽도 손실을 입진 않는다. 잃는 것이 있다면, 얻는 것이 있다.

그 계산을 철저하게 따른다.

'내 눈은 정확했어.'

원성진 4단은 온몸에 소름이 돋는 걸 느꼈다.

똑같다.

강함에 기반을 둔 이 기풍은 원성진 4단의 그것과 매우 흡사했다.

'내 자신과 대국을 두고 있는 기분이야.'

그가 바라던 느낌이다.

이런 긴장감이 좋았다.

넘을 수 없는 벽을 두고 아슬아슬한 줄타기를 하는 짜릿함이 온몸에 퍼진다.

이제까지 세계 정상급 기사들과 수없이 겨뤘다.

그중에 어느 한 명도 만만한 이가 없다.

저마다 각자의 기풍으로 세계의 정상에 한 번쯤은 섰던 전력을 지니고 있다.

그런 초강자들이지만 원성진 4단은 한 번도 질 거란 느낌을 받지 않았다.

비등비등하게 두었지만 그는 항상 이겼다.

물론, 진 적도 있다.

하지만 거기엔 대국 외적인 컨디션과 일정 문제로 말미암아 벌어진 부분도 배제할 수 없다.

어쨌든 오늘은 전력 승부다.

완벽한 승리를 쟁취하기 위해 싸우고 있다.

그런데도 쉬이 결과를 예측할 수가 없다.

'이기는 긴 나야.'

승부를 결정짓는 결정적인 능력은, 바로 이기는 법을 아는 것이다.

그런 의미에서 원성진 4단은 누구보다 중요한 능력을 지니고 있었다.

'계가 바둑으로 승부한다.'

아주 근소한 차이로 원성진 4단이 리드를 하고 있었다.

큰 교환이 이루어지면서 흑과 백 모두 실리가 부족한 실정이다.

그러나 백에겐 덤이 있었다.

그걸 감안하면 중반까지 치열하게 벌어졌던 전투에서 득은 백이 보았다고 볼 수가 있다.

'형세 판단과 끝내기라면 난 누구에게도 지지 않아.'

신산.

완전무결한 바둑.

그걸 가능케 만들어주는 가장 주된 베이스가 바로 형세 판단이다.

몇 집이 부족한지, 앞서고 있는지를 명확하게 판단을 내리는 것이야말로 바둑의 전체적인 흐름의 맥락을 휘어잡아 리드할 수 있는 힘이기 때문이다.

그런데.

여기 한 사람 더 있다.

형세 판단이라면 누구에게도 지지 않고 전체적인 판의 전략을 짜는 데 능한 건 수도 감히 원성진 4단에 못지않다.

반대로 수도 포기하지 않았다.

'승부처는 끝내기야. 기다리다 보면 기회는 분명히 온다.'

덤이 주는 격차는 적지 않지만 포기하기에는 또 이르다. 끝내기라면 충분히 그러한 손실을 메울 수가 있기 때문이다.

2

"이제 대국의 끝이 보이는데요. 흑과 백 어느 쪽이 좀 더 유리할까요?"

최미희 진행자가 점차 후반부에 접어든 대국을 보며 자문을 구했다.

"넉 집 정도 백이 앞서는 거 같네요. 딱 덤 정도라고 할까요?"

"흑이 따라잡기엔 어려울까요?"

"제가 보기엔 그래 보이네요."

강혁 사범의 입에서 부정적인 발언이 나왔다. 오늘 대국에서 처음 나온 말이다.

"원성진 4단은 끝내기가 강한 기사입니다. 그에 반해 예선전부터 거치면서 드러난 이수 초단의 기풍은 전투에 강한 것으로 알려져 있죠."

"그러면 중반에 이수 초단이 이득을 보지 못한 게 뼈아프겠네요."

"단정 지을 순 없지만, 이미 앞서고 있는 격차를 내어줄 만큼 원성진 4단이 호락호락하지 않을 거란…… 어? 지금 어디에 둔 거죠?"

강혁 사범이 안경을 고쳐 쓰면서 대국판을 뚫어져라 쳐다봤다.

그곳은 이미 백의 집이다.

아무런 변화가 보이지 않는다.

너무 단단해서 틈도 보이지 않는 그곳에 흑이 착수를 한 것이다.

"이거 수가 나긴 하나요?"

강혁 사범도 도무지 종잡을 수가 없었다. 어떤 의중으로 둔 것인지를 알 길이 없었다.

"어? 어!"

곰곰이 생각을 하던 강혁 사범의 입에서 경악성이 터져 나왔다.

"왜 그러세요?"

"여기서 백이 이렇게 받으면 어떻게 되죠? 흑이 먹여치게 되는데, 그리되면 백은 빠질 수밖에 없고. 맙소사! 백은 흑의 이 석 점을 다 두고 먹어야 합니다."

해설을 하는 내내 강혁 사범은 탄성을 질렀다.

사석작전이라니!

백의 집에 들어가서 흑돌을 투자한다.

흑돌 하나가 숨을 쉬는 곳은 총 네 곳.

그 돌을 잡기 위해 백은 자기 집을 채워가며 숨통을 끊어야 한단 의미다.

뻔히 알고도 당할 수도 있을 만큼 사활에 직격되는 맥이다.

"기가 막히네요. 이런 수가 있을 줄은 꿈에도 생각지 못했습니다."

"이제 형세가 비슷해졌나요?"

"네, 한 집 또는 반 집 승부가 됐습니다."

강혁 사범이 상기가 된 표정으로 얘기했다.

아직 모른다.

둘 곳이 꽤 남아 있었다.

하물며 선수는 흑이 쥐고 있다.

한 집이나 반집은 얼마든지 역전할 수 있는 기회가 온다.

탁.

흑은 기세를 멈추지 않는다.

선수 끝내기를 먼저 시도하면서 역전에 쐐기를 박고자 한다.

"원성진 4단 위기인데요."

강혁 사범의 말대로다.

원성진 4단은 쫓기는 입장이 되었고, 흑은 턱밑까지 날이
선 칼이 들이대져 있었다.

모니터에 원성진 4단의 얼굴이 잡혔다.

초조한 듯 자꾸 입술을 핥고 깨무는 모습이 보였다.

그걸 본 강혁 사범의 눈이 커졌다.

"얼마 만에 보는지 모르겠네요."

"뭘 말씀이신지?"

"원성진 4단이 뭔가에 쫓겨 초조해하는 모습을 말이죠."

"아! 그만큼 판이 어렵단 의미인가요?"

최미희 진행자의 반문에 강혁 사범이 고개를 가로저었다.

"아뇨, 앞서고 있는 건 원성진 4단입니다."

"그런데도 초조해한다고요?"

"앞서고 있기 때문입니다."

"네?"

"무서울 정도로 흑이 따라붙으니까요. 바로 턱 아래까지
치고 올라온 그 기세에 저도 모르게 잡아먹힐까 봐 두렵기 때
문이죠."

최미희 진행자는 깜짝 놀랐다.

"처, 천하의 원성진 4단이요?"

끄덕.

강혁 사범은 대답 대신에 고개를 주억거렸다.

'손에 땀이 맺혔다.'

원성진 4단은 손바닥에 보이는 물기를 보면서 당혹스러움을 감추지 못했다.

라이벌로 인정을 하고 승부를 즐기는 건 좋다.

하지만 끝내 그 승자는 그 자신이 되어야 한다고 생각했다.

그건 상대를 인정하고 말고를 떠나서 끈질긴 승부욕 때문이다.

'등이 축축해. 나 많이 긴장하고 있구나. 나 원성진이……'

잠시 과거를 되돌아봤다.

이렇게 긴장을 했던 적이 있었나?

있다.

처음 연구생에 들어가 강혁 사범과 두었을 때.

첫 세계기전 결승전에 올랐을 때.

그 외에는 한 번도 느껴본 적이 없다.

작년과 올해만 해도 세계기전을 두 차례나 경험했지만 이런 긴장감은 처음이다.

그만큼 수는 무서운 바둑을 구사하고 있었다.

'흐름이 좋지 않아.'

아주 근소하게나마 백이 앞서고 있다.

하지만 안심을 하기엔 이르다.

이 정도 격차는 아차 하는 사이에 바로 역전을 당하고 만다.

'선수는 흑이 쥐고 있어. 앞선다고 봐선 안 돼.'

원성진 4단이 초조해하는 이유다.

판을 좌지우지할 수 있는 선공권을 흑이 쥐고 있다.

다행인 건 대부분의 선수 끝내기가 끝났다는 것이다.

어느 쪽이든 수가 끝내기를 하고 나면 다음 선수는 백이 쥐게 된다.

그러면 역전할 기회가 분명히 온다.

탁!

원성진 4단의 동공이 커졌다.

지금 흑이 둔 자리는 생각지도 못한 수다.

아무 의미도 없다고 생각되는 자리인데, 뭐 때문에 둔 것일까?

'무슨 꿍꿍이냐?'

사람이 초조해지면 평정심을 잃게 된다.

평정을 잃게 되면 조바심이 나게 마련이다.

중심을 지키고자 했으나 원성진 4단이 마음먹은 대로 되지 않았다.

승부처에 오고 나서야 강하게 압박을 가해오는 초읽기 때문이다.

"10초 남았습니다. 5, 4, 3……."

원성진 4단은 선택의 기로에 섰다.

엄밀히 따지면 원성진 4단은 정해진 시간 안에 착수를 하지 않아도 상관이 없다.

아직 3회의 초읽기가 남은 까닭이다.

그런데도 망설이는 이유는 따로 있었다.

'애초에 수 씨한테는 초읽기가 남지 않은 상황이었다.'

그래.

수는 초읽기가 남아 있지 않았다.

다시 말하자면 원성진 4단에게 생각을 할 수 있는 기회가 남아 있는 것이다.

'왠지 페널티를 주고 하는 기분이야.'

마음이 썩 편치 않다.

동등한 대국이란 인상을 받지 못했기 때문이다.

물론, 타인의 생각은 다르다.

이미 기권패를 당해도 무방할 수가 이 정도까지 대국을 둘 수 있던 것도 원성진 4단의 배려가 있기 때문에 가능한 일이다.

그깟 초읽기를 쓴다고 해도 누구 한 명 원성진 4단을 욕하지 않는다.

단지 그의 자존심이 그걸 쉬이 허락하고 있지 않을 뿐이다.

"3, 2, 1. 2번 남았습니다."

'이런!'

끝내 원성진 4단은 초읽기를 쓰고야 말았다.

복합적인 생각들이 개입을 하면서 흑의 의중을 파악하지 못한 것이다.

'내가 원한 건 이런 게 아닌데.'

최대한 동등한 입장에서 두고 싶었다. 그래야만 후에 납득이 될 것 같았다.

그랬는데 이미 초읽기를 써버리고 말았다.

아주 사소해 보일지 모르지만 승부처에서 초읽기 1회는 판의 승패를 가르는 만큼 크게 작용을 한다.

'승패를 떠나서 만족하지 못할 승부가 되어버렸어.'

원서진 4단의 만면에 아쉬움이 서렸다.

후회가 들었지만 되돌리기에는 이미 늦어버린 뒤였다. 이렇게 된 이상 그는 이 바둑을 끝까지 최선을 다해 두어야 할 의무와 책임이 있었다.

"10, 9, 8…… 마지막 초읽기를 모두 사용하였습니다."

계시원의 말에도 원성진 4단은 쉬이 착수를 하지 못했다.

마지막 초읽기에 몰리고 나서야 원성진 4단은 수의 의중을 읽을 수가 있었다.

'아! 이걸 노린 거였나?'

그는 슬그머니 고개를 들어 힐끗 수를 보았다.

포커페이스.

어떠한 심리적 상태도 표정으로 읽을 수가 없었다.

그게 더 무서웠다.

'당신은 시간에 쫓기는 그 와중에도 이런 변화를 읽어냈다는 거야?'

원성진 4단의 온몸에 소름이 끼쳤다.

차분하게 시간을 갖고 생각을 하지 않았다면 결코 보지 못했을 묘수다. 단순하게 응수를 했다면 돌이킬 수 없는 상황에 처하고 말 것이다.

탁.

원성진 4단은 한발 물러났다.

한 집 손해지만 상관없다.

이제 끝내기도 거의 끝나간다. 판을 뒤엎지 않는 한 더 이상의 수가 날 곳은 없다.

"져, 졌습니다."

결국 버티다 못한 수가 패배를 선언했다.

이건 굳이 계가까지 갈 필요도 없다.

여러 군데에 끝내기 장소가 있었지만 승부를 바꾸기엔 역부족이다.

'이겼다.'

원성진 4단이 가슴을 쓸어내리며 안도했다.

하지만 승리에 대한 기쁨은 크지 않았다.

'마지막 초읽기가 아니었다면……'

바둑에 만약이란 말은 통용이 되지 않지만 그는 자유롭지 못했다.

이기긴 했지만 개운한 승리가 아니었기 때문이다.

수가 아쉬움을 뒤로하고 입을 열었다.

"고마워요. 배려를 해주시지 않았다면 후회가 남지 않는 이런 대국을 두지도 못하겠죠."

"……."

"졌지만 개운해요. 세계를 노리는 기사의 높은 벽도 실감했으니까요."

수는 승패에 크게 연연하지 않는 뉘앙스를 풍겼다.

적어도 보이는 건 그랬다.

'여기까지 온 것만 해도 기적이야. 잘했어, 이수.'

스스로 격려를 하곤 있지만 아쉬움이 쉽게 가시진 않는다.

왜 조금 더 침착하게 응수를 하지 못했을까 하는 아쉬움에 입안이 썼다.

그때 조용히 돌을 치우던 원성진 4단의 입이 열렸다.

"인정 못해."

"네?"

수가 반문을 하며 쳐다봤다.

"이건 무승부로 치죠."

"무승부요?"

뚱딴지같은 소리에 수가 눈을 깜빡였다.

승패가 갈렸는데 굳이 이런 말을 하는 이유를 알지 못했다.

"초읽기요. 수 씨는 없었지만, 난 초읽기 3번이 남았었죠."

"그런데요?"

"불공평하다는 생각 안 들어요?"

"……."

"이건 동등한 조건에서 둔 바둑이 아니야."

원성진 4단은 이기고 나서도 분해하는 기색이 역력했다.

스스로 납득할 만한 승리를 얻지 못했기 때문에 무승부 같은 말도 안 되는 소리도 서슴없이 내뱉을 수가 있었다.

"하아."

만족하지 못한 원성진 4단이 한숨을 내쉬며 먼저 자리를 떴다.

그런 그가 스튜디오를 나선 뒤, 잠시간 후에 수도 소파에서 일어났다.

비록 지긴 했지만 수는 억울하거나 분하지 않았다.

실력이 부족해서 진 거다.

그게 다다.

어떤 핑계와 변명도 수의 패배에 방패 역할이 되어줄 수가 없기 때문이다.

"수고했어요."

스튜디오를 나오는 수를 맞이해 준 건 고은은의 환한 미소였다.

패배로 말미암아 잠시 축 처진 기분마저 날려 버리는, 활력소를 주는 웃음이다.

그 웃음을 마주한 수의 기분도 덩달아 좋아졌다.

"많이 배울 수가 있는 좋은 대국이었어요."

"저 때문에 아쉽게 됐어요. 괜히 시간을 허비하게 돼서……"

수가 손을 저었다.

"아뇨. 조건은 같았어요. 제가 진 건 원성진 4단이 저보다 잘 뒀기 때문이에요. 그게 다예요."

고은은의 탓으로 돌릴 수도 있는 일이지만 수는 그러지 않았다.

지나간 패배에 연연을 해서 잘잘못을 따지는 것이야말로 가장 부질없고 쓸데없는 일이기 때문이다.

"이수 씨."

고개를 돌리니 김 실장과 장 이사가 서 있었다. 딱딱하게 굳은 얼굴을 보니 무단으로 대국 중에 뛰쳐나간 얘기를 하고 싶은 듯했다.

"아까는 경황이 없어서 죄송하단 말씀도 못 드렸네요. 무책임하게 나가 버려서 죄송합니다."

김 실장이 예민하게 반응했다.

"죄송하다면 답니까? 그 때문에 얼마나 곤혹을 치렀는지 알아요?"

"죄송하고, 또 죄송합니다."

수는 머리를 푹 숙여서 사죄했다.

이건 변명의 여지조차 없다.

생방송 도중에 마음대로 스튜디오 밖으로 뛰쳐나갔으니 중계를 하는 입장에서 느낀 당혹감은 상상 이상으로 컸을 것이다.

장 이사가 말했다.

"미안하네만, 우린 이번 일을 그냥 넘어갈 수 없네."

"……."

"정식으로 한국기원에 징계 요청을 할 생각임세."

'징계라…….'

이미 슈퍼스타Z 생방송 무대 사고로 인해 비슷한 전례가 있다.

징계라는 단어에 수가 민감해질 수밖에 없는 이유이기도
하다.

'내가 쏟은 물이야. 내가 치우는 게 맞아. 그리고……'

수가 힐끗 고은은을 보았다.

심상치 않은 분위기에서 강압적으로 수를 쏘아붙이는 장
이사와 김 실장 사이에서 고은은은 한껏 눈치를 보고 있었다.

한국어로 말이 오가느라 이해는 가지 않았지만 눈치로도
수가 매우 곤란한 상황에 처했음은 짐작이 가능하기 때문이
다.

모든 대국이 끝나고 장 이사와 김 실장이 물러가자 고은은
이 걱정스럽게 물었다.

"뭐라고 해요?"

"별거 아니니까 은은 씨는 신경 쓰지 마세요."

"하지만……."

고은은은 우려를 지우지 못했다.

이 모든 사단의 원흉이 그녀인만큼 책임에서 자유롭지 못
한 까닭이다.

"또, 또. 그런 표정 지으면 제가 뭐가 돼요? 웃어요. 난 은
은 씨 웃는 얼굴이 참 좋더라."

"뭐야."

수의 그런 모든 말이 고은은에겐 달콤하게 들렸다.

떼어놓으려고 하면 더 달라붙고 싶어 하는 자석처럼 장애를 극복한 두 사람의 감정은 그사이 더 깊어져 있었다.

"수 씨!"

나란히 서서 홀을 나서고 있는데, 저 앞에서 김수진 기자가 허겁지겁 달려왔다.

"도대체 뭔 일이에요! 잠시 자리를 비웠더니 대국 도중에 스튜디오를 뛰쳐나가질 않나. 얘기 좀 해봐요. 대체 왜 그런 거예요?"

속사포처럼 쏟아내는 침을 쓰윽 닦은 수가 핀잔을 줬다.

"침 튀겨요."

"어? 두 사람 왜 같이 나온대?"

뒤늦게 고은은의 존재를 인식한 김수진 기자가 두 사람을 번갈아가며 쳐다봤다.

어색하게 웃는 모습에 김수진 기자가 뭔가 묘한 기류를 포착했다.

"이거 분위기가 심상치 않은데, 둘이 사귀어요?"

"우리 잘 어울려요?"

수가 손을 쭉 뻗어 고은은의 어깨를 감싸며 도리어 물었다.

당황하는 고은은을 모습을 의미심장하게 보던 김수진 기자의 눈초리가 가늘어졌다.

"내 이럴 줄 알았어. 연락 주고받으면서 상해 오갈 때부터 알아봤다니까."

"축하해 줘요."

"축하는 무슨! 됐거든요? 내가 솔로인데, 누가 누굴 축하해."

김수진 기자는 잔뜩 심통이 난 얼굴로 토라졌다가 다시 시선을 맞췄다.

"아까 스튜디오를 막 뛰어나간 것도 은은이랑 관련 있는 거예요?"

"노코멘트 할 게요."

수는 딱 거기까지만 말하고 선을 그었다.

김수진 기자가 좀 더 자세히 파악을 하고자 마음먹고 달려들면 알아낼 길이야 많겠지만, 괜히 먼저 언급을 해서 기사화시키고 싶진 않았다.

"헐! 맞네, 맞아. 두 사람 오늘 로미오와 줄리엣 코스프레라도 한 거예요?"

김수진 기자의 말에서 유일하게 고은은이 알아듣는 단어가 있었다.

"로미오와 줄리엣?"

고은은이 왜 저걸 언급하냐는 투로 수에게 영어로 물었다.

수가 너스레를 떨면서 대꾸했다.

"우리가 로미오와 줄리엣처럼 잘 어울린다고 축하해 주네요."

고은은이 예쁜 미소를 지으며 김수진 기자의 손을 꼭 잡았다.

"고마워요."

"어? 뭐…… 그게……."

뭐라고 말을 전했기에 고은은이 이리 나오는지 몰라 김수진 기자가 당황했다.

입을 가리고 쿡쿡 웃던 수는 앞으로 닥칠 현실에 대해 고민에 잠겼다.

'앞으로가 걱정이네.'

이대로 고은은은 상해로 돌아가지 않을 것이다.

꽤 오랫동안 한국에 머물게 될 것이다.

그러자면 가장 먼저 필요한 게 뭘까?

'돈.'

대한민국 사회에서 삶의 질을 좌지우지하는 가장 큰 요소는 바로 돈이다.

돈이 있어야만 집을 구한다.

돈이 있어야만 먹고 싶은 걸 먹는다.

돈이 있어야만 사고 싶은 걸 살 수가 있다.

물론 돈이 다가 아니기도 하다.

하지만 금전적인 부분을 논외로 치고 살아갈 수 있을 만큼 대한민국은 호락호락하지 않다.

'좀 더 얘기를 하고 생각해 보자.'

앞날에 대한 걱정도 걱정이지만, 함께 있을 수 있는 시간을 보장한 것만으로도 수는 기뻤다.

"같이 서울로 올라갈래요?"

고은은이 수를 보며 웃음을 친다.

헤어 나오려야 헤어 나올 수가 없는 고혹적인 눈웃음이다.

"두고 가도 쫓아갈 거예요."

수도 따라서 웃었다.

Chapter 7

수와 고은은은 다정한 연인이 되었다.

누가 먼저라 할 것 없이 손을 잡고, 팔짱을 끼고 걸었다.

대전역에서 고속 전철 KTX를 타고 서울로 올라오는 시간
은 참 설레었다.

아직은 서로를 알아가는 과정에 불과하지만 함께 있는 것
만으로도 가슴이 벅찼다.

"부모님한테 전화는 없었어요?"

"왜 없었겠어요. 난리가 났죠."

막 기차 안에서 계란을 까 먹으며 대화를 나누는 고은은의

표정이 어두워졌다.

수도 좋은 시간을 보내고 싶어 이런 말을 묻지 않으려고 했지만 그래도 부모님과 연관된 일인만큼 꺼낼 수밖에 없었다.

"전화 통화 했어요?"

"네."

"뭐라고?"

"노발대발 난리도 아니에요. 지금 잡으러 간다고 협박을 하다가, 또 그러지 말고 쉬다가 오라고 달래지를 않나…… 결론은 무조건 들어오란 거예요."

'참 대단한 부모님을 뒀구나.'

수는 내심 저런 부모 밑에서 큰 고은은이 대단하다고 느꼈다.

드라마에서 재벌 2세나 3세들이 물질적 풍요 속에 산 것에 비해, 늘 새장 안의 새처럼 답답해하며 자유로운 이성에 끌리던 게 조금이나마 이해가 갔다.

고은은이 수에게 팔짱을 끼곤 머리를 기댔다.

"좋다."

다른 말이 더 필요할까?

이 시간, 이 공간, 이 온기.

행복을 좌지우지하는 건 의외로 사소하고 아주 간단하단 걸 그녀는 잘 알고 있었다.

"안 가길 잘했죠?"

"그야 모르죠."

"왜요?"

"한국 남자들 사귀기 전에 친절한데, 사귀고 나면 확 변한다면서요. 그때 가면 그냥 갈걸 후회할지도 모르잖아요."

"한마디도 안 진다니까."

"헤에!"

고은은이 입술을 삐죽 내밀며 귀여운 표정을 지었다.

막상 정식으로 교제를 하게 되니 그녀는 애교가 넘쳤다.

남자를 녹이는 게 여자의 애교라더니, 수는 아이스크림 같은 달달함에 취한 듯 헤픈 웃음만 울렸다.

하지만 언제까지 이런 얘기만 주고받을 수는 없었다.

두 사람 다 성인이다.

제 앞가림을 하기 위해선 현실적인 대화의 필요성도 절감했다.

"제 수중에 있는 돈이 한화로 5천만 원 정도 될 거예요."

"……"

"당장 생활하는 데 지장은 없어요. 걱정은 비자예요."

"비자?"

"호주와 한국은 비자 없이 왕래가 가능해요. 하지만 장기간 체류를 하려면 어떤 식으로든 비자를 발급받아야 해요."

글로벌 시대로 접어들면서 국가 방문 시에 비자 발급을 없애는 추세다. 호주나 일본은 무비자로 출입국이 가능한 대표 국가다.

안타깝게도 수는 이런 쪽으론 지식이 해박하지가 못했다.

그저 호주에 워킹홀리데이를 다녀온 호준을 통해서 들은 단편적인 지식이 다였다.

"비자라……."

"우선 상해기원에서 임의 탈퇴를 할 생각이에요."

"네?"

수가 잘못 들은 게 아닌가 싶어서 반문했다.

임의 탈퇴란 말은 스스로 자국 프로 바둑에서 활동을 하지 않겠단 선포나 다름이 없다.

"한국기원에 문의해 보려고요. 한국 여류 프로 바둑기사로 활동하고 싶다고."

"난 또 괜히 당황했네요. 바둑을 그만둔다는 얘기로 알아듣고."

"설마요. 전 바둑이 좋은걸요?"

고은은은 웃었다.

말도 통하지 않는 한국 땅에 남아 앞으로 홀로 살아가려면 참 벅찰 것이다.

그런데도 불구하고 힘든 내색도 없이 저리 웃을 수 있는 여자가 얼마나 될까.

"한국기원에서 등록해 주겠죠?"

"안 되면 어쩔 수 없죠. 딴 일 알아봐야지."

"딴 일?"

"이참에 한국에서 연예인이나 해볼까요? 나 정도 페이스에 몸매면 아이돌 가수 해도 될 거 같은데. 솔직히 안 그래요?"

"그, 그렇죠!"

장난인지 농담인지 분간이 가지 않는 말에 수가 어색하게 웃었다.

"솔직히 모르겠어요. 잘될지, 어떨지 이왕 이렇게 된 거 닥치는 대로 해보려고요."

"내가 도와줄게요."

"어떻게요?"

"금전적으로?"

"됐거든요?"

고은은이 안색이 싹 바뀌었다. 딱딱하게 굳은 표정만큼이나 곤두선 말투로 말했다.

"수 씨가 잡긴 했지만, 한국에 남은 건 제 결정이에요. 그 때문에 수 씨한테 금전적으로 도움을 받거나 하고 싶지 않아요."

"전 그저……"

"행여나 그런 말 하지 마요. 난 수 씨가 좋아요. 다른 거 안 바라요. 지금처럼 이 마음 변치 않고, 쭉 곁에 있으면 그거로 족해요."

"……."

수는 머리를 망치로 얻어맞은 듯한 충격에서 헤어 나오질 못했다.

고은은의 중국행을 막았을 때부터 막중한 책임감을 느꼈다.

한 여자를 사랑한다면 책임을 질 줄 알아야 한단 책임감이 발동한 것이다.

그러나 고은은은 그것을 바라지 않았다.

독립적인 성격의 그녀는 물질적으로 돕고자 수가 무리하는 게 싫었다.

돈은 벌면 된다.

돈은 없다가도 있다.

고은은이 바라는 건 딱 하나다.

변치 않는 마음.

막 시작한 풋풋한 이 감정을 변하지 않고 끝까지 지켜주길 바라는 일념뿐이다.

'남자 등쳐 먹으려는 여자가 얼마나 많은데.'

수는 뿌듯한 마음이 들었다.

안 그래도 최근 국내 여성들을 가리켜 김치녀라며 비하하는 일이 많아졌다.

극소수 여자의 잘못된 행태를 꼬집어 비꼬는 말들인데, 잘못 변질이 되어서 한국 여자들의 일반적인 경우를 지칭하는 표현으로 쓰인다.

문제는 그만큼 남자를 호구로 아는 인식이 여자들 사이에서 팽배해졌단 의미다.

그런 면에서 볼 때, 고은은 같은 여자를 만난 건 기적에 가까웠다.

'내 주제에 이런 과분한 여자를 만나다니. 이 정도면 전생에 나라를 구하지 않았다면 어림도 없을걸?'

세삼 고은은의 인성을 알아본 스스로의 안목에 큰 자부심을 느끼는 수다.

─잠시 후, 종착역인 서울역에 도착합니다. 승객분들께서는…….

도착을 알리는 방송이 흘러나왔다.

이미 한강 다리를 건넜으니 곧 있으면 KTX가 서울역에 도착할 것이다.

대전에서 편도로 소요된 시간은 채 한 시간도 채 걸리지 않았는데 참 빨리 도착해 버렸다.

"이제 내릴까요?"

기차가 서고 수와 고은은도 밀려 내리는 인파에 휩쓸려 내렸다.

그 와중에도 서로를 행여 잃지 않을까 꼭 잡은 두 손을 놓지 않았다.

서울역에 들어서자 다음 행선지를 정했다.

"저 자주 가는 호텔이 있어요. 오늘은 그리 갔으면 해요."

참 많은 일이 있던 하루다.

연인이 되긴 했지만 데이트를 즐기기엔 엇갈린 일들로 심신이 피로했다.

수의 택시를 타고 이동하자는 말에 고은은은 단호히 고개를 저었다.

"차 막히는데 굳이 뭐 하러 그래요? 지하철 타고 가면 돼요."

고은은의 뜻에 따라 지하철을 타고 도착한 곳은 놀랍게도 구로디지털단지역이었다.

대다수의 유명 호텔이 명동이나 강남, 여의도에 밀집이 되어 있는 데 반해 고은은이 찾아온 구로구는 여행객들이 잘 찾지 않는 곳이다.

"굳이 중심가 호텔 이용해서 뭐해요. 비싸기만 하지. 서울은 교통이 좋아서 굳이 그런 데서 묵을 이유가 없어요."

'허! 볼수록 똑 소리 나는 여자네.'

볼수록 팔색조의 매력을 뽐내는 고은은의 말 한마디에 수는 반하지 않을 수가 없었다.

그도 그럴 것이 말로는 독립을 외치고서도 부모에게서 온전히 자립을 하는 이가 많지 않다.

결혼을 한 뒤에도 부모가 해준 집에서 사는 건 다반사다.

"은은 씨, 그거 알아요?"

"어떤가요?"

"여기에서 우리 집 가까운 거."

"진짜요?"

토끼눈을 뜨며 반문을 하는 그녀를 보며 수가 고개를 끄덕였다.

"버스 타고 이십 분 정도밖에 안 걸려요."

"이거 묘하게 안심이 되네요."

이런저런 말을 주고받는 사이에 두 사람은 구로호텔에 도착했다.

평일이다 보니 객실이 남아 예약을 하지 않아도 입실에 크게 무리가 없었다.

프론트에서 받은 객실 카드로 문을 열고 안으로 들어왔다.

더블룸이다.

2인용 침대가 한 개 놓인 객실은 그리 크진 않았지만 깔끔하고 정갈했다. 특히 차창 쪽에 비치는 서울의 야경이 일품이다.

"오늘만 여기서 자고 내일 부턴 머물 만한 오피스텔 알아 보려고요."

"같이 알아봐요."

고은은은 고개를 저었다.

"아뇨, 제가 할게요. 저 때문에 괜히 수 씨가……."

"은은 씨."

"네?"

"제가 좋아서 하는 일이에요. 그러니까 거절만 하지 마요. 우리 가까워진 사이잖아요?"

"……."

고은은은 말이 없다.

아주 작게 끄덕이곤 있지만 어딘지 모르게 좀 전까지 보여 준 자신감 있는 모습과 달랐다.

수가 느낀 건 불안감이다.

'이제 알 것 같아. 왜 과하다 싶을 만큼 독립적인 모습을 보이는지. 짐이 될까 봐 그래.'

추측에 불과하지만 아마 맞을 것이다.

부담감 때문에 혹여라도 수가 도망가지 않을까 조마조마 하고 있는 것이다.

그건 확신을 심어주지 못해서다.

아직 굳건한 믿음을 주지 못했다.

'시간이 해결해 주겠지.'

신뢰는 한 번에 쌓이는 게 아니다. 시간을 갖고 서로를 믿고 의지하다 보면 자연스럽게 쌓이게 마련이다. 그건 조바심을 낸다고 해서 해결될 문제가 아니다.

대화를 일단락 지은 수가 몸을 일으켰다.

"저 이제 갈게요."

"아, 네."

간다는 말에 고은은의 얼굴이 어두워졌다.

내일이면 다시 볼 얼굴이지만 떨어진단 사실에 마음이 불편했다.

"내일 일찍 올 게요. 이따가 전화도 하고."

이리 떨어져 있을 수밖에 없는 게 싫었지만 어쩔 수가 없었다.

진성화재배 탈락 소식을 듣고 아마 가족들이 집에 모여서 기다리고 있을 것이다.

그러나 막상 가려니 발걸음이 잘 떨어지지 않았다.

홀로 고은은을 두고 가려니 마음이 편치 않았다.

'웃기는 소리 하네. 딴마음이 있는 거겠지.'

딴마음을 품는 본인에게 일침을 가한 수가 얼른 짐 가방을 챙겼다.

더 있다간 진짜로 가기 싫어질 것 같아 서둘렀다.

객실 문 앞까지 간 수가 문고리를 잡을 때였다.

"수 씨."

나지막이 이름을 부르며 고은은이 수의 등 뒤에서 백허그를 했다.

스펀지도 보다 부드럽지만 탄력 있는 그녀 가슴의 촉감이 그대로 전달됐다.

"진짜 너무한 거 알아요?"

수의 등에 이마를 밀착한 고은은이 섭섭한 속내를 비쳤다.

"같이 있어준다고 할 땐 언제고."

"……"

수는 심한 내적 갈등을 느꼈다.

지금 돌아서면 오늘 그녀를 지켜주지 못할 것 같았다. 연인 사이에서 혼전 관계는 이제 막을 수 없는 추세가 되었다지만 수는 서두르고 싶지 않았다.

'할 수 있는 데까지 그녀를 아껴주고 싶어.'

안다.

딴 남자들이 보면 욕을 할 거다.

그러나 수는 진심으로 그러했다.

그건 좀 더 천천히 고은은을 알아가고 싶은 마음이 앞서서다.

더디게 알아가더라도 오래, 성급할지 모르지만 평생 고이 간직하고 지켜 나가고 싶은 여자이기 때문이다.

스윽.

수가 백허그를 풀면서 몸을 돌렸다.

여리여리한 사슴의 눈길로 올려다보는 고은은과 자연스럽게 입을 맞췄다.

두 번째 키스.

공항에서보다 더 깊게 서로를 알아가는 키스에 수의 심장은 터져 버릴 것처럼 요동쳤다.

'참자, 참아야 해.'

남자의 욕망이 꿈틀거린다.

고은은의 적극적인 호응에 굳은 다짐도 점차 허물어져 갔다.

자연스럽게 키스를 하다가 침대에 누워 버렸다.

곱고 흰 그녀의 손길이 수의 셔츠 단추를 하나씩 따 내려갈 때였다.

수가 손을 잡았다.

"우리 급하게 가지 마요."

"……."

제지를 당한 고은은이 놀란 눈으로 수를 쳐다보고 있었다.

"나 은은 씨가 너무 소중해지려고요 해요. 그래서 더 아껴

주고 싶어요."

"수 씨……."

고은은의 큰 눈망울이 흔들렸다. 촉촉해지는 눈시울은 감동이 빚어낸 산물이다.

이런 남자는 처음이다.

남자란 동물은 죄다 똑같다.

너 나 할 것 없이 관계의 진전을 보이면 관계에 집착을 한다.

대다수의 여자는 그러면 마지못해 관계를 갖는다.

물론 감정이 깊어진 만큼 그녀들이 바라기도 한다.

사랑하는 사람의 구석구석을 알아가길 바라는 건 어디까지나 사랑의 표현이다.

하지만 이런 식으로 밀어내는 남자는 처음이다.

한심하게 보이기도 하다.

'갖고 싶어, 이 남자.'

고은은은 강한 욕망을 느꼈다.

성욕 때문이 아니다.

조금씩 커져 가는 감정의 크기만큼 자신을 지켜주려는 수의 진심의 섹시하게 느껴졌다.

이 남자라면 믿고 싶다.

이 남자라면 다 주고 싶다.

아주 사소할지 모르는 말 한마디에서 수를 향한 신뢰가 점점 더 커져 갔다.

수의 품 안으로 더 깊이 안겨들었다.

"이런 배려 처음이에요. 고마워요."

"은은 씨……."

"하지만 저 오래는 못 기다려요."

"……!"

수는 고은은을 꼬옥 껴안았다.

서로의 체온을 느끼며 두 사람은 그렇게 잠이 들었다.

2

"……."

수는 팔이 저려서 잠에서 깼다.

고은은에게 팔베개를 해주었는데 장시간 팔이 눌리면서 심하게 저려온 것이다.

스윽.

곤히 잠이 든 고은은이 행여나 잠에서 깰까 조용히 팔을 뺐다.

"자는 모습도 예쁘네."

잠이 든 고은은의 흐트러진 생머리를 수가 조심스럽게 머리 뒤로 넘겨주었다.

그녀를 향한 수의 눈길에는 사랑스러움이 물씬 배어났다.

한동안 그리 그윽한 눈길로 예뻐하던 수가 침대에서 몸을 뺐다.

아침 8시가 조금 넘는 시간이다.

'집에 들렀다가 와야지.'

어제 집에 간다고 해놓고 가지 못했다.

오늘 외박을 한다고 다짜고짜 문자메시지를 날렸으니 기다리고 있던 가족들에게 너무 미안했다.

수는 조심스럽게 옷가지와 짐 가방을 챙겼다.

혹여 라도 고은은이 깨지 않을까 조심스러웠다.

'메모라도 남겨둬야지.'

잠에서 깬 고은은이 수가 없는 걸 알고 놀라지 않을까 집에 다녀온다는 메모를 남겨뒀다.

끼익.

수가 도둑고양이처럼 기민하게 객실을 나섰다.

호텔 길 건너에서 버스를 타고 집으로 향했다.

출퇴근 시간이라 차가 막혔지만 집 대문을 열 때까지 걸린 시간은 삼십 분이 되지 않았다.

"수니?"

현관문을 열고 들어가자 부엌에서 요리 중이던 엄마가 버

선발로 뛰어나왔다.

"네, 저 왔어요."

"우리 아들 왔네, 왔어! 여보, 준아 어서 나와라. 네 형 왔다!"

엄마의 호들갑에 방에서 신문을 보던 아버지와 자고 있던 준이 나왔다.

"고생 많았다."

무뚝뚝한 아버지가 다가와서 어깨를 두드리며 격려해 줬다.

준도 하품을 하면서 엄지를 치켜들었다.

"입단한 거 축하해, 형!"

"뭐, 운이 좋았지."

"운은 무슨! 다 내 아들이 잘나서 그런 기지."

엄마는 기분이 몹시 좋은지 아들 자랑에 여념이 없었다.

어찌 그러지 않겠나?

극소수만이 문을 열 수 있다는 프로 바둑의 세계에 수가 입단했다.

그것도 입단 대회를 거치지 않고 아마추어의 신분으로 세계기전에 나가 쟁쟁한 프로기사들을 물리치고 8강에 올라 이룩한 성과다.

준을 통해서 수가 보여준 업적이 얼마나 대단한 것인지를 들은 엄마의 아들 자부심이 하늘을 찔렀다.

"아침은 먹었고?"

"아직이요."

"같이 먹자. 어제 사놓은 소고기 구우면 되겠네."

"네? 아침부터요?"

당황한 수가 반문을 하자 그런 게 뭐가 대수롭냐는 듯이 가족들이 입을 모아 말했다.

"비싸고 좋은 건 아침에 먹어야 좋대!"

Chapter 8

1

다시 만난 수와 고은은은 나란히 호텔을 나섰다.

앞으로 일이 어찌 될지 모르지만 당장 고은은이 머물 오피스텔을 구하기 위함이다.

"위치는 어디가 좋을까요?"

"서울은 어딜 가도 월세가 비쌀 거예요."

두 사람은 머리를 맞대고 어디가 좋을지 고민했다.

우선 지하철이 가까워야만 했다.

고은은이 한국말에 서툰 까닭에 교통수단이 좋지 못한 곳에 거주하면 불편할 일이 많았다.

고민 끝에 신림 쪽으로 이동을 했다.

꽤 많은 오피스텔이 밀집한 구역인지라 매물을 구하기 용이한 까닭이다.

부동산 중개업자를 만나서 이곳저곳을 둘러보았다.

평균적인 시세는 보증금 천만 원에 월세 오십만 전후로 형성되어 있었다.

'역시 비싸. 끽해야 방 한 칸인데.'

고려해야 할 요소가 꽤 많았다.

당장 가전제품을 살 수도 없으니 옵션이 완비된 곳 위주로 찾았다.

그러다 보니 마음에 드는 오피스텔을 쉽게 구할 수가 없었다.

"많이 비싸죠?"

"상해에 비하면 싼 편이에요."

"그래요?"

"서울의 물가가 높다고 해도 상해에 비할 바는 못 돼요. 괜히 중국의 경제 수도가 아니에요."

대한민국 사람은 중국을 무시하는 경향이 큰데, 그건 크게 잘못된 일이다.

중국의 경제 수도 상해만 놓고 보더라도 그렇다.

세계 금융이 아시아에서 가장 주목하는 곳이 바로 상해다.

우리가 상상할 수도 없는 돈이 상해의 은행권을 통해 움직인다.

중국의 경제 정책에 맞춰서 가장 많은 자금의 유동성을 보이는 곳도 상해다.

돈이 집중되는 곳인만큼 자연스럽게 여러 측면에서 상해는 발전을 할 수밖에 없다.

"이 집이 좋겠네요."

고민 끝에 결정을 한 집은 방과 거실, 그리고 화장실로 이루어진 1.5룸이었다.

그리 크지는 않았지만 5층에 전망이 좋고, 엘리베이터까지 있는 신축 건물인지라 여자 입주자들이 선호할 만한 요소를 두루 갖추고 있었다.

고은은은 망설임 없이 계약서에 서명을 했다.

다행히 빈집이라 지금이라도 당장 입주가 가능하다고 했다.

"큰 건 하나 해결했네요."

아직 독립한 전력이 없는지라 오피스텔을 둘러보는 수도 생소했다.

"이제부터 할 일이 더 많아요."

"네?"

"보세요. 집 안이 텅 비었죠? 여기에 생필품 챙겨 넣으려면 정신없어요."

두 사람은 근처에 위치한 대형 마트로 갔다.

그곳에서 당장에 필요한 생필품과 기본적인 식료품을 구매했는데, 그것만 해도 어마어마했다.

또 여자다 보니 샤워용품이나 이불을 구매하는 데도 신경 쓸 요소가 한두 가지가 아니다.

'힘들긴 하지만 싫진 않네.'

수는 이리저리 필요한 것들을 구매하면서 싫지 않은 느낌을 받았다.

꼭 신혼부부가 된 느낌이랄까.

'꿈 깨. 앞가림도 못하는데 뭔 신혼이야?'

수가 억지로 헛된 망상을 지웠다.

달콤함에 취해서 현실의 어려움을 잊고 있는 스스로가 한심한 까닭이다.

"꾸며놓고 나니 아늑한데요?"

아직 휑한 구석이 있었지만 고은은은 몹시 만족스러워 보였다.

확실히 얼렁뚱땅하는 남자보다 아기자기하게 집을 꾸미는 여자의 손을 타니 훨씬 화사하긴 했다.

"아, 맞다. 매트리스 주문해야 해요."

"그건 인터넷으로 사는 게 나을 거 같아요."

고은은의 노트북으로 인터넷 쇼핑몰에 접속했다. 오래 쓰기엔 좋지 않을지 몰라도 저렴한 가격에 쓸 만한 침대 매트리스가 꽤 많이 있었다.

"싱글 사이즈면 되죠?"

"아뇨, 퀸 사이즈로 사요. 좁은 거 싫어요."

"가격은 이 정도인데 괜찮나요?"

수가 괜찮다고 생각하는 매트리스를 손가락으로 지목하며 물었다.

"비싸도 괜찮으니, 더 좋은 거 없어요?

"음, 있긴 한데 비싼 걸 찾는 이유가 있어요?"

"그야……."

고은은이 스윽 수를 쳐다봤다가 시선을 피했다.

살짝 불그스름한 그녀의 얼굴을 보곤 수가 고개를 갸웃거렸다.

"은은 씨?"

"꼭 그걸 말로 해야 알아요? 좋은 걸로 사요, 무조건. 아셨죠?"

"……!"

뒤늦게 연유를 알아챈 수도 부끄러움을 느끼곤 시선을 피했다.

열흘이라는 시간이 참 빠르게 흘렀다.

쉼 없이 달려온 수는 휴가를 받은 것처럼 고은은과 데이트를 즐겼다.

마치 그간의 고생을 보상받기라도 하듯이 서울의 이곳저곳을 함께 다니며 둘만의 시간을 보냈다.

경복궁, 이태원, 청계천, 남산타워 등 연인들이 갈 만한 곳은 빠지지 않고 다녔다.

그러다 지치면 오피스텔로 돌아와 누워서 잠을 청했다.

배가 고파지면 고은은이 솜씨를 발휘해서 요리를 해줬다.

참 맛이 없었지만, 수는 맛있다고 선의의 거짓말을 하며 몽땅 다 먹어치웠다.

늘 웃음이 끊이지 않았다.

함께 있는 이 시간이 너무도 좋았다.

하지만 마냥 행복하지만은 않았다.

아직 해결되지 못한 큰 과제들이 늘 불안한 그림자처럼 드리워져 있었다.

특히 심해진 건 고은은의 부모다.

"몇 번을 말해야 알아들어요. 저 안 가요. 안 간다고요!"

뾰족해진 목소리로 아버지 리밍과 통화를 끊은 고은은은

수의 가슴에 머리를 묻고 흐느꼈다.

고은은은 본인이 독립된 인격체라고 주장을 하며 자기의 인생을 찾아가겠다고 어필을 해도 리밍은 듣는 둥 마는 둥 했다.

수가 할 수 있는 일이라고는 곁을 지키면서 격려를 해주는 게 다였다.

한참을 흐느끼던 고은은이 감정을 추스르고 입을 열었다.

"아까 상해기원이랑 통화했는데 임의 탈퇴 처리가 되었대요."

"잘됐네요. 안 그래도 저도 낮에 한국기원에서 연락받았거든요."

"연락이요?"

수가 끄덕이며 말을 받았다.

"주중 금요일에 입단식이 있을 예정이니 방문을 해달래요."

"축하해요, 수 씨. 정식으로 프로가 되는 일이네요."

"꼭 좋은 일만은 아닌 게, 진성화재배 무단이탈 건으로 할 얘기도 있다나 봐요."

"그런……."

그때의 얘기만 나오면 고은은은 풀이 죽은 듯 고개를 푹 숙였다.

바보같이 용기를 내지 못하고 상해로 돌아가려고 했던 바람에 수에게 피해를 줬단 사실이 두고두고 마음에 걸렸다.

"그런 표정 짓지 마요. 은은 씨는 잘못 없어요."

수는 도리어 그런 고은은을 위로했다.

3

수는 고은은과 함께 한국기원을 방문했다.

주로 프로 바둑기사들이 모여 대국을 두거나, 연구를 진행하는 2, 3층이 아니라 1층에 위치한 사무실로 들어갔다.

꽤나 큰 규모의 사무실에 수와 고은은이 들어서자 반가운 얼굴이 아는 척을 했다.

"두 사람 같이 오네요?"

김수진 기자였다.

수의 정식 입단 소식을 기사화하기 위해 방문을 한 그녀는 함께 온 두 사람을 번갈아 보더니 눈을 가늘게 떴다.

"사귄다고 너무 티 내고 다니는 거 아니에요?"

"네, 그렇죠, 뭐."

수는 뻔뻔하게 인정했다.

여기까지 온 이상 굳이 교제를 숨기거나 감출 것도 아니다. 김수진 기자는 이미 알고 있기도 하고 말이다.

"와, 이수 씨 정말 이렇게 안 봤는데. 우리 은은이 같은 여자애를 뭔 재주로 꼬셨대? 안 그래, 동생?"

김수진 기자가 떠든 말은 수의 통역을 거쳐서 고스란히 고은은에게 전해졌다.

피식.

고은은이 새어 나오는 웃음을 입으로 막고는 수에게 말을 전했다.

"뭐라고 해요?"

"제가 유혹한 게 아니고, 제가 너무 마음에 들어서 자기가 먼저 저에게 다가왔대요."

배알이 꼴릴 만큼 눈꼴 시린 말에 김수진 기자가 인상을 찌푸렸다.

"대박! 솔로는 서러워서 사려나 몰라."

"김 기자님도 얼른 남자친구 사귀어요."

"됐거든요?"

모처럼 만난 자리에서 농담을 주고받는 사이 기원 쪽의 관계자로 보이는 점잖은 중년 남자가 다가와서 말을 걸었다.

"자네가 이수?"

"네, 그런데 누구신지?"

반문을 하면서 수는 그를 위아래로 쭉 훑었다.

'낯이 익은데?'

분명 어디서 본 기억이 있는데 떠오르지가 않는다.

"반갑네, 사단법인 한국기원의 이사이자, 프로 바둑기사로 활동 중인 조치현 9단일세."

"……!"

그가 내민 손을 맞잡던 수가 까무러치게 놀라고 말았다.

"마, 만나 뵙게 돼서 영광입니다!"

수는 깍듯하게 예의를 갖췄다.

조치현 9단은 바둑계의 살아 있는 전설이다.

이젠 쉰을 넘겨 현역으로 활동을 하는 경우는 드물지만 그럼에도 불구하고 한국기원의 이사로서 후배 프로 바둑기사의 귀감이자 바둑 보급의 선두자로 활동을 하는 중이다.

"영광은 무슨. 그러고 보니 이쪽도 낯이 익군."

"중국의 고은은 3단입니다. 이쪽은 한국의 조치현 9단님이셔."

한국어로 먼저 조치현 9단에게 고은은을 소개한 수가 이어서 영어로 고은은에게 조치현 9단을 소개했다. 그제야 서로를 알아보고 악수를 나누었다.

"통성명도 했으니 저쪽으로 가서 앉게나."

조치현 9단의 안내를 받아 일 층에 따로 마련된 회의실로 자리를 옮겼다.

잠시 후, 직원으로 짐작되는 여성이 내온 차를 마시며 대화를 시작했다.

"우선 입단을 축하하네. 포인트 제도가 도입된 지 삼 년인데, 그 사이에 입단을 한 건 자네가 처음이야. 그것도 세계기전 8강이라는 놀라운 성적으로 말이지. 하하."

"과, 과찬이십니다."

"내 16강과 8강에서 자네의 바둑을 유심히 보았다네."

"제, 제 바둑을요?"

수가 긴장감에 침을 꿀꺽 삼켰다.

조치현 9단이 누구인가?

바둑계의 산 증인이다.

한국에 바둑 보급이 미비한 시절 9살이란 어린 나이로 일본으로 건너가 일본 프로 바둑기사의 눈에 띄어 바둑을 배우게 된다.

그 이후로 다시 한국으로 건너와 바둑 보급에 힘을 쓰며 왕성한 활동을 벌이게 된다.

당시 한국인 최초로 세계기전 네 개를 모두 석권하며 그랜드 슬램에 오른 전무후무한 인물이다.

그뿐인가?

한국을 이끈 세계적인 바둑기사 돌부처 이창호 9단이 그의 문하였으니, 그가 한국 바둑에 끼친 영향은 타의추종을 불허한다.

"훌륭한 대국이었네. 왜 아직도 자네 같은 인재가 아마추어로 있었는지 의심이 될 정도였어."

"벼, 별말씀을요. 아직 많이 부족해서 두각을 나타내지 못했던 겁니다."

수는 본의 아니게 거짓말을 늘어놓았다.

거짓말을 하는 건 체질에 맞지 않았지만 어쩔 수가 없었다.

솔직하게 프로 바둑기사 강민수의 재능이 자신에게 와서 갑자기 바둑 실력이 일취월장했다고 말할 수도 없는 노릇이니까.

"내 자네를 눈여겨보고 있네."

"저, 저를요?"

"듣자 하니 원성진 4단도 꽤 인정을 하는 눈치더군. 그러지 않고서야 그 고집불통이 일부러 제한 시간까지 다 써가면서 동등한 상태에서 승부를 보려고 하진 않았겠지."

"……."

조치현 9단이 그날의 무단이탈 건을 언급하자 수가 할 말을 잃었다.

"그때의 일은 정말 죄송합니다."

"죄송해야지. 그건 프로 바둑기사로서 절대 해서는 안 될 무책임한 행동이었어."

조치현 9단의 꾸지람에 수는 고개를 들지 못했다.

돌이켜 봐도 백번 천번 잘못한 일이다.

진성화재배 참가 결정을 한 건 본인이지만, 참가를 한 이상 최선을 다해 대국에 임해야 하는 본분을 망각한 건 명백한 수의 잘못이다.

'제 잘못은 알아요. 하지만 또 똑같은 일이 생긴다면 전 그럴 겁니다.'

수는 테이블 아래로 손을 뻗어 고은은의 여린 손을 꼬옥 잡았다.

'미안해요, 저 때문에……'

마음 같아선 나서서 그의 잘못이 아니라고 항변을 하고 싶었지만 그녀는 꾹꾹 눌러 참았다.

이럴 땐 괜히 긁어 부스럼을 만들기보단 잘못을 사죄하며 용서를 구하는 게 최선이기 때문이다.

"그 무단이탈의 이유가 이분 때문이었나?"

"그, 그걸 어떻게?"

"아마 테이블 아래 잡고 있는 손 때문에 눈치챘다면 믿겠나?"

"……!"

수가 깜짝 놀라서 눈을 크게 떴다.

테이블 아래 눈이 달려 있지 않다면 알아챌 수가 없는 일을 조치헌 9단은 귀신같이 꿰뚫어 보고 있었다. 어디 카메라라도 설치한 게 아닌가 의심스러울 정도다.

수는 잠시 갈등했다.

손을 떼야 하는 게 아닌가 싶어서다.

불안함을 직감한 고은은이 힐끗 수를 본다.

꼬옥.

수는 놓기보단 더 꽉 잡았다.

각오를 다진 것이다.

"다 맞는 말씀이십니다. 그래도 후회는 하지 않습니다. 어떤 징계가 내려져도 달게 받겠습니다."

조치현 9단이 너털웃음을 지었다.

"하하! 사람 참, 장난일세, 장난. 너무 진지하게 받아들이지 말게."

"네?"

"젊은 사람 연애에 내가 뭘 간섭을 하겠나? 이미 원성진 4단한테 얘기 들었네. 자기 같아도 그랬을 거라고. 옆에 있는 미인분을 보니 그 말이 이해가 가네. 내가 젊었어도 세계기전이고 뭐고 다 때려치우고 쫓아갔을 거야, 암."

"……."

수의 미간에 주름이 갔다.

조치현 9단의 말이 장난인지 농담인지 구분이 되지 않기 때문이다.

"징계는 없네."

"저, 정말입니까?"

믿지 못하겠다는 듯 눈을 부릅뜨고 수가 반문을 했다.

"내가 왜 허언을 하겠나?"

수가 기쁨을 감추지 못하고 쥐고 있던 고은은의 손을 더 꽉 잡았다.

영문을 알지 못하는 고은은이 수를 보자 영어로 빠르게 설명을 해주었다.

징계를 피해 갈 수 있다는 말에 고은은도 아이처럼 기뻐하며 조치현 9단에게 연신 고개를 꾸벅이며 감사하단 말을 연발했다.

"내가 한 게 뭐 있다고. 감사의 말은 원성진 4단에게 하게."

"원성진 4단한테요?"

"자네 사랑의 위대함을 인정해 달라고 하더군. 어떻게 그런 말을 표정 하나 안 바꾸고 하던지, 참."

"……"

보지 않아도 눈에 훤하다.

징계를 두고 고민을 하던 이사들 앞에서 원성진 4단이 사랑이라면서 수를 옹호하는 모습은 그야말로 가관이었을 거다.

'나중에 고맙단 인사라도 드려야겠어.'

이유야 어쨌든 간에 수를 위해서 물심양면으로 도움을 줬다.

그가 아니었다면 다시 고은은을 만난다는 것은 꿈도 꾸지 못했을 것이다.

"결정적으로 징계를 피한 이유는 자네가 한국기원 소속의 프로 바둑기사가 아닌 게 컸네."

"그게 무슨 말씀이신지?"

"아마추어 기사는 동호인이랑 비슷한 개념이라 소속이 없네. 한국기원에서 제재를 가할 수 있는 법적인 권리가 없는 거지."

"아!"

수는 그제야 말뜻을 이해한 듯이 고개를 끄덕였다.

정식으로 입단을 하고 등재를 하지 않는 이상 재단법인 한국기원의 입장에선 징계를 줄 수 있는 권한이 없었다.

"앞서 말했듯이 징계는 없네. 하나, 두 번 다시 똑같은 일이 발생한다면 그땐 엄중히 그 죄를 물을 걸세. 알겠나?"

"아로새겨 두겠습니다."

수도 다시는 그런 일이 없을 거라 거듭 다짐을 했다.

징계에 관한 얘기가 넘어가고 자연스럽게 입단 관련한 얘기가 나왔다.

"자네도 알겠지만 입단을 하긴 어렵지만, 입단식이란 게 크게 대단한 게 없네. 이 수여증이랑 사진 몇 장 찍는 게 다 야."

'그 수여증을 받고자 수많은 지망생이 뼈를 깎는 노력을 하고 있죠.'

조치현 9단 옆에 놓인 원형 통을 보는 수는 가슴이 벅찼다.

입단을 확정 지은 지 꽤 됐지만 아직까지 실감이 나지 않았는데, 저 수여증에 적힌 이름을 보고나면 피부로 와 닿을 것 같았다.

"대충 내 할 말은 다 한 것 같네. 더 궁금하거나, 알고 싶은 거 있나?"

"아! 실은 옆에 고은은 3단의 일로 드릴 말씀이 있습니다."

"해보게."

수가 잠시 숨을 돌리고는 차분하게 고은은과 한국기원을 찾은 이유에 대해서 설명을 했다.

"그러니까 개인적인 사정으로 중국기원에서 임의 탈퇴를 하게 됐으니, 한국기원 소속으로 국내에서 활동을 하고 싶다 이 말이군."

"네."

"어렵지 않은 일이네만, 중국기원에서 왜 임의 탈퇴를 했는지 물어볼 수 있겠나?"

"좀 복잡합니다."

수는 대충 고은은의 사정에 대해서 설명을 했다.

정략결혼 관련 문제는 제외를 하고, 프로 바둑기사를 반대하는 부모 때문에 더 이상 중국 내 활동이 어렵게 됐다고 했다.

"그렇군. 일단은 알겠네. 사정은 알았으니, 재단 회의에 한번 상정을 해봄세."

"감사합니다!"

"확정된 것도 아니니 감사하단 얘기를 들을 건 아니네."

"그래도……."

"다 떠나서, 고은은 3단은 중국에서도 알아주는 실력파 여류기사가 아닌가? 안 그래도 내년부터 한국여자바둑리그가 신설되니 미모와 실력까지 겸비한 이런 기사가 참여하는 건 우리 입장에서도 마다할 이유가 없네."

"한국여자바둑리그요?"

수는 바둑리그라는 말에 생소한 표정을 지었다.

잠자코 앉아 있었던 김수진 기자가 조치현 9단을 대신해서 말을 받았다.

"한국바둑리그랑 비슷한 건데, 여성으로 팀을 이루어서 리그를 벌이는 거죠. 벌써 후원할 6개 기업이 참가를 확정 지었어요."

한국바둑리그.

한국 바둑계 최초로 시도되는 프로팀 간의 기전이다.

2003년 6개의 팀이 주축을 이루어 시작된 이 기전은 차후 스폰서가 들어오기 시작하면서 큰 붐을 이루어 이제는 바둑 마니아들 사이에선 빼놓을 수 없는 즐길 거리가 되었다.

수가 바둑을 배우던 시절에는 공신력이 큰 기전이 아니라 잘 알려지지 않았었으나, 오늘날에는 일 년 내내 지속되는 리그다 보니 바둑 마니아들의 관심이 지대했다.

"그런 게 있었구나."

"아마 자네도 다음 달에 있을 드래프트에 참여하게 될 걸세."

"제가요?"

수가 놀란 표정을 지으며 반문했다.

한국바둑리그라는 기전 자체만으로도 생소한데 축구나 야구 같은 스포츠처럼 드래프트를 치른다는 게 더 신기했다.

"올해까진 상위 랭커 시드와 예선전을 병행해서 선발 방식을 진행했으나 없앴네. 한국기원 소속 기사라면 10개 구단의 누구든 선택이 가능한 전면 드래프트 방식이 될 걸세."

"그런 게 있었구나."

참 놀라운 얘기이긴 했지만 수는 크게 신경을 쓰지 않는 눈치다.

"저하고는 크게 관련이 없을 거 같네요. 구단별로 리그를 벌이는 거면 실력 있는 기사들을 우선순위로 뽑아 갈 텐데, 갓 입단한 절 데려갈 이유가 없는 걸요."

"정말 그렇다고 보는가?"

"네?"

조치현 9단이 몸을 뒤로 빼고는 말을 이었다.

"심한 착각을 하고 있군."

"죄송하지만, 좀 알기 쉽게 설명을……."

"이미 많은 구단이 자네를 탐내고 있다면 믿겠나?"

"……!"

수의 동공이 심하게 흔들렸다.

곧 있을 선수 드래프트에서 구단들이 수를 노리고 있다니, 결코 실언을 하지 않을 조치현 9단의 말인 걸 알지만 쉽게 믿을 수가 없었다.

'내가 뭐라고 날 노린다는 거지?'

쉬이 납득이 가지 않는 일이다.

진성화재배에서 좋은 성적을 거두고 입단을 확정 지었다 곤 하나 수는 초단에 불과하다.

각 구단들은 좋은 성적을 내기 위해서 실력 있는 기사를 우선순위에 염두에 두고 팀을 구성하려 들 것이 뻔하다.

그런데 수를 노린다고?

곰곰이 생각을 해봐도 믿기 어려운 일이다.

"믿지 않는 눈치군. 뭐, 그거야 다음 달에 있을 드래프트에 참여하면 알 터이고. 받게. 거창한 건 없고 입단을 상징하는 수여증일세."

"이게……."

원형 통을 받아 든 수가 떨리는 손으로 뚜껑을 열고 꺼냈다.

돌돌 말린 빳빳한 종이 한 장.

그곳에 일필휘지로 적힌 초단과 이수란 이름을 보는 것만으로도 심장이 벅차올랐다.

'드디어 프로기사가 됐어. 됐다고!'

감격이다.

이날을 얼마나 기다려 왔던가?

프로의 세계에 당당히 발을 들이고 그들과 견주고 싶은 꿈을 드디어 이룬 것이다.

"이거야 원, 진작 입단했어도 해야 했을 사람이 받은 건데…… 꽤 감격했나 보군."

"아뇨. 원래의 저라면 죽었다 깨어나도 입단을 하지 못했을 거예요."

"그게 무슨 말인가?"

조치현 9단이 보기에 수는 입단을 하고도 남을 실력이다.

아니, 엄밀히 말하면 몇 년 전에 입단을 하고 지금쯤이면 세계를 노리는 기사의 반열에 올랐어야 할 실력을 지니고 있었다.

그러나 그건 진성화재배에 참가한 수를 본 이들이 내린 판단에 불과하다.

엄밀히 따지면 수의 바둑 실력이 일취월장을 한 건 불과 몇 달 전의 일이다.

'민수 아저씨, 저 드디어 여기까지 왔어요.'

수는 복받치는 감정을 추스르며 한동안 잊고 지냈던 강민수를 떠올렸다.

지금쯤 저세상에 있을 그는 웃고 있을까?

확신할 순 없지만 웃고 있을 거라고 믿고 싶었다. 그를 대신하여 이어받은 이 재능으로 살아가고 있는 수를 자랑스럽게 여길 거다.

"허! 사람 참 안 그러게 생겨선 꽤나 낭만적인 기질이 있구만."

좀처럼 진정하지 않는 수를 보며 조치헌 9단이 볼을 긁적였다.

Chapter 9

1

"인사해, 연구회에 속하신 분들이야."

수는 홍대에 위치한 오종훈 연구회실에 고은은을 데리고 가서 인사를 시켰다.

프로 바둑기사들은 하루라도 대국을 거르면 실전 감각이 떨어지게 된다.

16강 이후로 고은은은 수와 종종 대국을 둔 것을 제외하고는 다른 기사와 대국을 두지 못했다.

아무래도 다양한 기사를 상대하며 장단점을 보완해야 하는데 그러기 위해선 대국 상대의 폭을 넓히는 게 무엇보다 중요했다.

그런 이유로 수는 강혁 사범과 오종훈 9단에게 고은은이 한동안 연구회에서 활동을 할 수 있게 부탁을 드렸다.

"잘 왔네."

"어서 와요, 반가워요."

"실제로 보니 더 예쁘시네요. 환영해요."

저마다 다른 환영 인사에 고은은의 입가에도 미소가 걸렸다. 새로운 친구들을 사귈 수 있게 되어 몹시 기뻐 보였다.

언어가 통하지 않는 게 안타깝긴 했지만 큰 장애가 되지는 않았다.

바둑판과 바둑알만 있다면 세상의 어떠한 언어보다도 깊이 소통을 할 수 있는 게 또 프로 바둑기사이기도 했기 때문이다.

'잘 적응을 해서 다행이야.'

최근 들어서 고은은이 부쩍 힘들어했다. 외진 한국 땅에서 수를 제외한 마땅한 인맥도 없이 지내는 게 버거운 까닭이다.

그런 와중에도 고은은의 열정은 대단했다.

시간이 날 때마다 한국어 공부에 매진했다.

한동안 쉼없이 이어지던 데이트도 그만둔 지 오래다.

같이 있는 시간의 대다수를 오피스텔에서 한국어 공부를 하거나, 포석 연구 또는 대국을 하는 데 전부 할애했다.

그런데 시간이 지날수록 고은은의 아버지 리밍의 압박은 더욱 심해졌다.

어제는 사람을 사서 끌고 올 거란 말도 서슴지 않았다고 한다.

여러 모로 힘들어하던 그녀를 연구회에 초대한 건 참 잘한 일이다 싶었다.

지잉!

때마침 수에게 문자메시지가 도착했다.

잠시 몸을 빼 문자메시지를 확인한 수의 얼굴이 환해졌다.

'이게 얼마야? 천삼백만 원?'

진성화재배 8강 진출자에게 주어지는 상금이다.

평생 벌어본 적이 없는 액수에 수는 당장이라도 만세를 외치고 싶은 욕망을 겨우 눌렀다.

'이거면 사채 빚도 갚고, 은은 씨의 생활에 보탬이 될 수도 있겠어.'

수는 내심 흐뭇했다.

바둑계에 발을 디딘 이후에 성과를 올려서 번 첫 수입인 셈이다.

비록 우승을 하지 못해 액수가 크진 않았으나, 이제 초단인 걸 감안하면 지금 번 상금만 하더라도 감지덕지였다.

지이잉!

또 문자메시지가 도착했다.

재차 수가 확인을 했다.

발신인을 보니 한국기원이었다.

'LIG배 세계기왕전 예선에 참가 신청을 하라는 거구나.'

한국기원 소속의 프로 바둑기사가 되면 각종 기전의 정보를 제공해 준다.

국내 프로 바둑기사가 참여할 수 있는 기전이 세계적으로 스무 개에 육박하는 만큼 일일이 기사가 스케줄을 관리할 수 없기 때문이다.

덕분에 수도 대회 참가가 용이했다.

참가합니다.

답장 버튼을 눌러서 보낸 문자 한 통으로 수는 세계기왕전 참가를 확정지었다.

진성화재배와 마찬가지로 프로와 아마추어가 모두 참가하는 통합 예선을 거쳐서 단판 토너먼트에 오를 자격을 겨룰 것이다.

'그건 그거고 은은 씨 한국기원 등록 얘기는 왜 아직 아무 말도 없지?'

금방 대답을 줄 것 같던 조치현 9단의 말과 달리 이 주가 넘도록 한국기원 측에서는 어떠한 답변을 주지 않았다.

말은 하지 않았지만 답변이 길어질수록 고은은이 느끼는 초조함은 생각보다 컸다.

당장의 생활을 하는 데 지장은 없지만 만약이라도 한국기원 소속으로 프로 바둑기사로 활동을 하지 못하게 되면 향후 생활에 크게 타격을 입기 때문이다.

'이번 주까지만 기다려 보고, 연락이 없으면 전화를 해보자.'

조급할수록 돌아가라고 했다. 수는 당장이라도 전화를 걸고 싶은 걸 겨우 억눌렀다.

2

"갈 데가 있다더니, 어디에요?"

모처럼의 주말 아침부터 수는 고은은의 오피스텔을 찾았다.

무작정 갈 곳이 있단 말에 채비를 끝낸 고은은이 수를 따라나섰다.

지하철을 이용한 뒤, 또 버스를 타고 도착을 한 곳은 서울에서 흔히 보기 힘든 강남의 판자촌 구룡마을이었다.

"여긴 꼭 상해 같네요."

고은은이 구룡마을에 도착했을 때 받은 첫인상은 상해에서 느낀 감정과 크게 다르지 않았다.

급속도로 발전을 이룬 대한민국이 겪는 진통을 지금의 중국도 겪고 있었다.

특히 경제의 도시라는 상해에선 그러한 빈부격차가 너무 커서 국가에서 감히 해결할 엄두를 낼 수 없는 수준에 이르렀다고 한다.

"은은 씨한테 꼭 소개시켜 줄 아이가 하나 있어요."

"아이요?"

"네, 제 첫 번째 제자예요."

제자라는 말에 고은은의 눈이 동그래졌다.

"바둑 자제요?"

"아뇨. 이런, 오해하셨네."

"그러면?"

"부족하지만 조금씩 노래를 알려주고 있어요."

"아!"

세계기전인 진성화재배를 통해 수의 바둑 실력이 널리 알려지며 주목을 받았지만, 그보다 앞서 한국을 넘어서 중국을 강타한 수의 인기 비결은 다름 아닌 노래 실력이었다.

정서가 전혀 다른 중국인들조차 매료시켜 버린 수의 감성적인 보이스와 표현법은 언어의 한계를 뛰어넘은 마법이란 평가를 받기도 했다.

"그러고 보니 저 수 씨 노래를 한 번도 못 들어봤네요. 서운하다."

노골적으로 아쉬움을 드러내는 고은은의 머리를 수가 쓰다듬었다.

"오늘 맘껏 들을 수 있을 거예요."

'그런 걸 원하는 게 아닌데……'

진심을 몰라주는 수의 태도에 섭섭함이 목 끝까지 차올랐지만 고은은은 표현하지 않았다.

그건 수가 알아주길 바라는 마음 때문이다.

여자는 세레나데에 대한 로망이 있다.

하물며 수 정도 되는 가창력으로 부르는 한 여자만을 위한 세레나데에 대한 환상은 여자라면 누구나 갖고 있을 만했다.

수를 따라 쓰러질 것 같은 담벼락 사이의 골목을 굽이굽이 헤쳐 나갔다.

그렇게 해서 도착한 곳은 녹이 슬어 떨어질 것 같은 대문 앞이었다.

"현규야, 형 왔어!"

수의 말이 떨어지기가 무섭게 철문이 열리며 현규가 뛰어나왔다.

"형!"

"그간 잘 지냈어?"

"웅! 연습도 빼먹지 않고 꾸준히 하면서…… 어? 누구세요?"

반가운 마음에 그간 얘기를 떠들어대던 현규가 뒤늦게 고은은의 존재를 의식하곤 물었다.

"이 형 여자 친구야. 예쁘지?"

"주, 죽인다."

"죽여?"

막 한국어를 공부하며 뜻을 조금씩 알아듣게 된 고은은의 표정이 하얗게 질렸다.

죽인다는 표현 자체가 주는 의미를 그만 살해로 오인해 버린 것이다.

"그게 아니고 끝내주게 예쁘단 뜻이에요. 오해하지 마세요."

"아! 한국말 너무 비유가 심해요."

그제야 안심을 한 고은은이 현규에게 손을 내밀며 자신을 소개했다.

"안녕, 난 고은은이라고 해."

"전 현규라고 해요. 근데, 누나. 한국 사람 아니죠? 영어는 캡짱 잘하는데……."

어눌한 발음에서 뭔가 이상함을 느낀 현규가 재차 물었다.

"중국 상해에서 왔어."

"상해요?"

반문을 하는 현규의 표정이 급격하게 어두워졌다.

상해에서 죽고 만 그간 잊고 지냈던 엄마의 기억이 새삼 떠오른 것이다.

'아차!'

수가 실수를 깨달았을 땐 이미 물은 엎질러진 뒤였다.

"이러지 말고, 들어갈까? 그간 얼마나 노래 실력이 늘었는지 확인해 봐야지."

"맞아, 형! 저 케이팝스타들 2차 예선까지 합격했어요!"

"정말?"

대문을 넘어서 방으로 자리를 옮긴 세 사람이 옹기종기 앉았다.

현규는 그간 못 다한 얘기가 많은 듯이 케이팝스타들에 참가해서 겪은 에피소드들을 마치 영웅담처럼 늘어놓았다.

"제 노래 듣고 완전 뻑 간 표정을 지었다니까요!"

"확실해? 아무래도 뻥 같은데."

"답답해, 진짜라니까요. 형! 못 믿겠으면 예선 때 불렀던 노래 불러볼까요?"

"어, 해봐."

"누나도 잘 듣고 얘기해 줘요!"

좀처럼 인정을 하지 않는 수 때문에 잔뜩 골이 난 현규가 케이팝스타들 2차 예선 합격을 받은 노래를 부르기 시작했다.

포맨의 '못해' 라는 곡이다.

김범수의 뒤를 잇는 명품 보컬로 소문이 자자한 신용재의 호소력 짙은 음색이 돋보이는 이 곡은 서로를 그리워하는 남녀의 사랑을 담았다.

"곡이 별론데. 너 여자친구도 없잖아?"

"좀! 감정 깨지 말고 들어봐요."

현규는 분한 마음에 길길이 날뛰었다.

계속 놀리는 까닭에 집중을 못하는 현규가 안타까웠는지 고은은이 수의 손을 잡곤 고개를 저었다. 그만하라는 눈치였다.

"이제는 밥을 먹어도, 눈물 없이는 삼키지 못해."

첫 구절임에도 불구하고 묵직한 현규의 중음에 고은은이 귀를 확 사로잡았다.

이제 막 변성기를 거친 중학생에 불과했지만, 진정성 있게 들리는 보이스는 한국어를 모르는 고은은에게도 가슴으로 들을 수 있게 해줬다.

'좋은 가사 전달이야.'

현규의 노래를 듣고 있는 수는 내심 흐뭇함을 지우지 못했다.

마지막으로 현규를 찾아와서 수가 불렀던 곡은 박효신의 1991년 찬바람이 불던 밤이다.

어머니를 여읜 슬픔에 차 있던 현규의 감정을 이끌어내며 기교나 발성이 아닌 진정성을 전달하는 노래에 대해서 일러 주었다.

쉽게 익히지 못할 거라고 생각했는데 현규는 수의 가르침 대로 진정성을 담아 전달하고자 노력하는 기색이 역력했다.

'엄마의 죽음은 안타까운 일이지만 현규의 음악적 재능에 불을 지폈어!'

감성은 결코 그냥 생기지 않는다.

책을 보고, 드라마를 보고, 노래를 들어 납득을 하고 이해 를 한다고 해도 정작 노래로 표현할 수 있는 감정의 선에는 한계가 있다.

불우한 가족사로 인해 현규는 본의 아니가 엄마와 떨어져 지냈다.

모자지간의 전화는 유일한 소통의 수단이었다.

현규는 멀리 떨어져 있는 거리만큼 엄마를 그리워했다.

그리워하는 마음을 아는 만큼, 엄마가 오길 기다리는 마음 도 알았다.

또 엄마의 죽음으로 누군갈 잃는 상실감의 깊이가 얼마나 깊은지도 깨닫게 되었다.

'얘는 된다.'

수는 확신했다.

"오늘도 내일도 너만 원해."

마지막 구절을 끝으로 현규의 노래는 끝을 맺었다.

자신의 감정에 취한 눈시울은 붉어져 있으며 마지막 구절을 읊는 목소리에는 잔잔한 떨림이 진정성 있게 느껴졌다.

노래를 마친 현규가 눈가를 훔쳤네.

"또 이러네. 요샌 왜 이리 눈물이 많아졌는지 모르겠네."

눈을 지그시 감은 채 현규의 노래에 심취해 있던 고은은이 박수를 쳤다.

짝짝!

동시에 엄지를 치켜세웠다.

"최고, 최고! 이, 이해는 안 가도…… 여기가, 그 가슴이 먹먹해요."

"진짜요? 헤! 예쁜 누나가 칭찬해 주니 기분이 좋네."

"어린 게 벌써부터 여자 얼굴 따지냐?"

수가 기분 좋게 웃으며 핀잔을 줬다.

현규는 입술을 오물거리며 불만스럽게 노려보다가도 언제 그랬냐는 듯 강아지처럼 수를 향해 기대 어린 시선을 보냈다.

"어때요? 저 많이 늘었죠? 그죠?"

칭찬을 받고 싶어 안달이 난 현규에게 수는 정색을 하며 말했다.

"별로. 크게 는 건 없는데?"

"저, 정말요? 나 노력 많이 했는데……."

수의 말 한마디에 풀이 죽은 현규.

수는 그런 현규의 어깨를 두드리며 칭찬했다.

"농담이야. 많이 늘었더라. 너무 늘어서 깜짝 놀랄 정도였다."

"그죠? 아싸! 칭찬받을 줄 알았다니까."

두 주먹을 불끈 쥐더니 허공으로 날리며 펄쩍펄쩍 뛰었다.

현규는 과격한 표현만큼이나 날아갈 듯이 기뻤다.

그도 그럴 것이 현규에게 수는 우상이자 롤 모델이었다.

그건 수의 오디션 프로그램에서 보여준 사내다운 행보 때문이 아니다.

'나도 형처럼 누군가의 가슴을 울릴 수 있는 노래를 부르고 싶어요.'

현규는 진심으로 수의 음악을 좋아했다.

아이돌이 판을 치고, 흔해 빠진 발라드로 도배가 되는 이 가요계에서 수가 부르는 노래는 그간 느끼지 못했던 감성의 쓰나미를 불러일으켰다.

아직도 잊히지가 않는다.

수가 슈퍼스타Z에서 불렀던 조수미의 '나 가거든'은 어린 현규의 마음속에서 영원한 명곡으로 자리 잡고 있었다.

"아까 듣자 하니 케이팝스타들 2차 예선에 붙었다고?"

"웅! 맞다, 안 그래도 형한테 부탁할 게 있었는데…… 들어 줄 거죠?"

"뭐?"

수가 반문을 하자 현규가 잠시 눈동자를 이리저리 굴리며 눈치를 보다가 말했다.

"그러니까…… 그게…… 지원서에 형의 이름을 적었더니 3차 예선 전에 형의 인터뷰를 따고 싶다고 했다고 했어요."

"내 인터뷰?"

반문을 하는 수는 난감한 표정을 지었다.

생방송 무대 사고를 끝으로 방송 쪽과는 연을 끊고 지냈다.

더 이상 음악을 할 수도 없다면 굳이 방송 쪽에 몸을 담고 있을 이유도 없었다.

'다시 방송 출연이라…….'

솔직히 말하면 피하고 싶다.

잠깐의 출연일지라도 대중매체의 영향력은 무시무시하다. 분명 인터넷 기사들이 쏟아지고 수의 이름이 대중들에게 입방아를 찍을 것이다.

하지만 무작정 거절을 하기에는 현규가 너무 딱했다. 혹여 수가 거절을 하면 어쩌나 지금도 눈치를 살피며 전전긍긍하고 있다.

'도와주자. 그러고 싶어.'

그깟 언론의 주목을 받으면 어떠나?

수는 가슴이 시키는 대로 현규가 케이팝스타들에 참가해서 재능을 꽃피우길 바랐다.

"하마."

"진짜지, 형? 절대 말 바꾸면 안 돼요."

"해, 해. 대신 미리 연락 주기다. 알았지?"

"물론이지! 아싸라비야콜롬비아!"

현규가 기쁨을 감추지 못하고 그 자리에서 벌떡 일어나 춤을 췄다.

그런 솔직한 감정 표현에 수와 고은은이 서로를 보더니 웃음을 터뜨렸다.

참 유쾌한 만남이다.

3

"항암치료를 다시 시작해야 할 것 같습니다."

병실 밖.

의사와 엄마로 짐작이 되는 한 여성의 대화 소리가 작게 들려온다.

"거의 완치되었다면서요! 이제 와서 다시 항암치료를 시작하다니요!"

"저희로서도 드릴 말씀이 없습니다. 이렇게 급속도로 전이가 되는 건 처음인지라 저희도 당황스럽습니다."

누군가 그랬다.

젊다는 건 좋다고.

하지만 젊기에 잃는 게 빠른 것도 있다.

암의 전이는 젊다는 이유만으로 걷잡을 수 없을 만큼 빠르게 온몸으로 퍼져 나간다.

참기 힘든 고통에 항생제가 없인 생활이 불가능해지는 암 환자들이다.

암의 고통은 인간이 느낄 수 있는 모든 행복을 앗아가 버린다.

"……."

병원 침상에 누워 있는 은서는 몸을 돌려 누웠다.

더는 듣고 싶지 않은 말들에 귀를 양손으로 꼭 틀어막아 버렸다.

"잠시만요, 선생님."

그런 딸의 뒤척임을 느낀 엄마가 조용히 병실 문을 닫는다.

비관적인 병세를 딸이 행여나 듣고 풀이 죽을까 우려스러운 까닭이다.

"난 진짜 왜 이러지."

진서의 눈에서 닭똥 같은 물방울이 뚝뚝 떨어져 시트를 적셨다.

하늘이 원망스럽다.

하느님이 있다면 온종일 욕을 퍼붓고 싶었다.

왜 하필 나인가?

하필 꽃다운 나이에 암이라니.

병상에 누워 하루하루 몰라보게 야위어가는 스스로의 모습에 가슴이 찢어질 것 같았다.

"선배……."

그날 어색하게 수와 헤어진 뒤로 연락이 뜸해졌다. 그건 호전이 되었던 암세포가 다시 활개를 친 시점과 비슷했다.

처음엔 금방 나을 줄 알았다.

완치가 되면 다시 제대로 고백해야지.

그런 희망을 품고 다시 내원을 했다.

하지만 그게 벌써 한 달이 훌쩍 지나 버린 이야기다.

퇴원을 할 기미가 보이지 않는다.

암세포들은 그녀가 젊다는 이유로 왕성하게 활동을 벌이며 그녀의 몸을 좀먹고 있었다.

끼이익.

병실 문이 열리며 엄마가 들어왔다.

병간호를 하느라 부쩍 수척해진 엄마는 억지로 웃었다.

"우리 딸, 자?"

"……."

"아까 의사 선생님이 한 말은 신경 쓰지 마. 의료 기술이 얼마나 발전이 됐는데, 그깟 암 하나 치료 못하겠어? 그러니까 기운 내."

혹여 진서가 희망의 끈을 놓을까 엄마는 좋은 말로 격려했다.

환자에게 있어 어떤 치료보다 더 중요한 건 바로 낫고자 하는 의지다.

특히 암처럼 긴 투쟁을 해야 하는 병이라면 환자의 정신이 흔들리지 않게 꼭 잡아줘야만 한다.

"있잖아, 엄마."

"그래, 딸. 왜? 뭐 먹고 싶은 거 있어?"

진서는 잠시 뜸을 들였다.

무슨 말을 하려고 저리 시간을 두는지 엄마의 가슴은 타들어갔다.

"……죽고 싶어."

"진서야!"

"너무 아파. 나 이러고 살기 싫어."

딸의 진심 어린 토로에 엄마의 가슴은 칼로 난도질을 당하듯이 찢겨져 나갔다.

차라리 그녀 자신이 병상에 누워 암에 고통을 받는 게 낫겠다 싶었다. 자식의 아픔은 부모에게 있어 창자가 찢어지는 고통 이상의 것이었다.

"그런 말 말고 기운 내자. 너 아직 젊잖아. 좋아하는 선배도 있다며? 고백도 하고, 데이트도 해야지. 그래, 그 선배랑 결혼할 수도 있잖아."

"……."

"그러니까 포기하지 말자. 살 수 있는데 왜 포기해? 너 아직 젊어."

엄마의 설득에도 불구하고 진서는 입을 굳게 다문 채 말이 없었다.

'그거 알아? 희망이 날 두 번 죽인다는 거.'

진서는 고개를 돌려 외면해 버렸다.

주르륵.

터져 버린 눈물샘은 좀처럼 멈출 생각을 하지 않고 눈물을 쏟아냈다.

Chapter 10

1

"뭐, 뭐라고요?"

목 놓아 기다리던 한국기원에서 연락이 왔다.

중국인인 고은은을 대신해서 조치현 9단과 통화 중인 수가 격한 반응을 보이자, 고은은이 급격히 불안해했다.

—미안하네만, 비자 발급이 어려울 것 같네.

"저번 주에 통화할 때까진 분명 가능할 거 같다고 하셨잖아요?"

한국기원 측에서 너무 연락이 없자 수가 먼저 전화를 넣었다.

조치현 9단은 이사 회의의 결과는 긍정적이라고 얘기했다.

영화배우 이상의 미모를 갖춘 데다 여류기사답지 않은 호전적인 바둑을 구사하는 고은은의 한국여자바둑리그 입성은 널리 바둑의 보급과 홍보에 큰 메리트가 있을 거라고 입을 모아 얘기했다고 했다.

그러다 보니 수와 고은은은 긍정적인 결과를 얻을 수 있을 거라 내심 마음을 놓고 있었다.

근데 이게 웬걸?

뚜껑을 열어보니 뒤통수를 제대로 얻어맞은 격이 되고 말았다.

―그땐 그랬지. 근데 외압이 들어온 모양이야.

"외압이라니요?"

―나야 잘은 모르네. 오히려 그건 자네가 더 잘 알 거 같은데?

"……."

수는 힐끗 고은은을 보았다.

불안해하는 그녀의 표정에서 무얼 걱정하는지도 읽을 수 있었다.

'아버지 리밍, 얘기는 들었지만 한국기원에까지 손을 쓸 줄이야.'

수가 상상하던 것 이상으로 집요한 사람이란 걸 느꼈다.

자식이라고 해도 엄연히 독립된 인격체인데 어째서 이렇게까지 딸의 앞길을 막아서 자기 내키는 대로 정략결혼을 시키려고 하는지 이해가 가지 않았다.

─상해기원 측에서도 임의탈퇴 이후 일 년간은 활동을 제약하고 있다고 트집을 잡더군. 내가 보기에 해외리그 진출은 상관이 없는 걸로 아는데 외압이 보통이 아닌 모양이야.

"……."

─재단 이사들도 심히 불편해 보이더군. 한국 바둑을 위해선 더없이 좋은 기회인데, 이리 놓치기 아쉽다고들 말이야.

"그러면?"

수가 내심 기대감을 갖고는 다시 물었다.

하나 돌아온 조치현 9단의 대답은 그리 희망적이지 못했다.

─한두 달 더 기다려 보면 방법이 보일 거 같기도 한데 말이야.

'그땐 이미 늦어.'

고은은이 무비자로 국내에 머물 수 있는 시간은 이제 보름도 채 남지 않았다.

당장 불법체류자가 될지도 모르는 상황이다 보니 한두 달이나 기다릴 여력이 되지 못했다.

"최대한 빨리 좀 부탁드리겠습니다."

―노력은 해보겠네. 좋은 소식을 주지 못해서 미안하게 됐네.

이 얘기를 듣고 고은은이 느낄 실망감을 생각하면 말문이 열리지 않을 것 같았다.

"아닙니다, 저야말로 귀찮게 전화까지 드려서 죄송해요. 신경 써주셔서 감사합니다."

―그래, 들어가게.

뚝!

전화 통화를 끊은 수가 땅이 꺼져라 한숨을 내쉬었다.

그런 수의 반응으로 말미암아 고은은도 일이 잘 안 된 것을 짐작했다.

"아무래도 어려울 거 같대요."

"아버지가 손을 쓴 거죠?"

수가 끄덕였다.

"상해기원을 통해서 압박을 넣은 거 같아요. 말도 안 되는 조항을 들고서."

"……."

늘 웃음을 잃지 않던 고은은도 오늘은 웃지 못했다.

무비자로 한국에서 머무를 수 있는 시간도 이제 슬슬 한계에 봉착했다.

어떤 식으로든 새 비자를 발급받지 못한다면 불법체류자

신세가 되거나, 호주나 중국으로 강제 출국 당할 수가 있다.

"안 되겠어요. 따로 비자를 받을 만한 걸 알아봐야겠어요."

"생각이 있어요?"

"안 되면 원어민 강사라도 알아볼 참이에요."

"……."

고은은의 의지는 알겠으나, 그도 쉽지 않다.

영어나 중국어는 능숙할지 몰라도 한국에 거주하면서 한국어를 구사할 줄 모른다고 하는 건 큰 마이너스 요소다.

더구나 취업 비자의 발급 과정은 꽤나 복잡하다. 고용 측에서도 고려해야 할 요소가 많은 만큼 쉽게 뽑으려고 들지 않는다.

그보다 더 큰 안타까움은 바둑을 둘 수 없다는 것에 있다.

"……."

두 사람 사이에 침묵이 감돌았다.

돌아보면 지난 두 달 동안 참 행복했던 시간을 보냈던 거 같은데, 그 시간이 한여름 날의 꿈처럼 물거품이 되어버릴 수도 있단 두려움이 밀려왔다.

'이젠 그 방법밖에 없나?'

어젯밤, 수에게 한 통의 전화가 걸려왔다.

상해에서 우연히 인연을 맺은 그는 진성화재배에 8강에 진출한 데 대한 축하 인사말을 시작으로 한국에 올 일이 있으니 얼굴이라도 보자는 얘기를 꺼냈다.

처음엔 만나지 않겠다고 하려고 했으나, 그래도 멀리서 온 사람을 그냥 돌려보내는 건 예의가 아닌 거 같아 잠시 고민하다 그러겠다고 했다.

"은은 씨, 이러지 말고 우리 나가죠."

수는 밖으로 나가길 원했다.

어차피 오피스텔 안에 처박혀서 궁리를 한다고 해도 뾰족한 방법은 나오지 않는다.

"어딜?"

"이대로 있는다고 답이 나와요? 바람이라도 쐬고 머리를 식혀요."

"……"

심사가 복잡한 고은은이 마지못해 고개를 끄덕였다.

그토록 염려하던 현실의 벽 앞에서 두 사람의 관계도 풍전등화에 놓이게 됐다.

2

"여길 왜 온 거예요?"

나란히 걷던 고은은이 고개를 갸웃거렸다.

답답한 마음에 바람을 쐰다길래 한강 같은 사방이 뻥 트인 곳을 갈 줄 알았다.

그런데 이게 웬걸, 수가 찾은 곳은 사람이 북적거리다 못해 치여서 죽을 것 같은 위험이 드는 명동 한복판이었다.

"누구 만날 사람이 있어요."

한마디 언질도 없이 누군가를 만나러 왔단 말에 은은이 고개를 갸웃거렸다.

"만날 사람이요?"

"은은 씨도 아는 사람이에요."

"제가요?"

수는 명동을 가로지르면서 끝까지 누굴 만나러 왔는지에 대해서는 얘기해 주지 않았다.

고은은도 귀찮게 묻지 않았다.

나란히 걷고 있지만 머릿속은 앞으로 닥칠 난제로 꽉 차서 딴생각이 파고들 여지가 없었다.

"여기에요."

수가 고급스러운 유리 회전문을 통해 들어가려고 하자 고은은의 눈이 커졌다.

"여긴 호텔이잖아요?"

놀랍게도 수를 따라 들어선 곳은 명동에 위치한 로얄호텔이다.

한때 일본인 관광객으로 인산인해를 이루던 명동을 뒤이어 차지한 중국인 관광객들. 그들이 주로 머무는 로얄 호텔은 고은은도 익히 묵어본 적이 있어 똑똑히 기억을 하고 있었다.

로비로 들어선 수가 주변을 두리번거리더니 일 층 카페로 향했다.

그가 들어서자 구석 쪽 창가에 앉아 담소를 나누고 있는 두 사람이 보였다.

"어? 어! 저 사람들은?"

멀리서도 단숨에 그들의 정체를 알아챈 고은은의 눈이 보름달만큼 커졌다.

"루한?"

잠시 스쳐 지나갔던 인연에 불과했지만 고은은은 두 남자 중 한 명이 누군지 정확하게 기억을 하고 있었다.

수와 첫 데이트를 하던 때, 상해의 와이탄에서 수의 노래에 반해 길거리 섭외를 했던 중국 최고의 기획사 소속 프로듀서 루한이었다.

첫 인상이 워낙 강렬했던지라 기억하고 있었는데, 오늘은 말끔하게 차려입고 온 모양새가 점잖은 중년 신사 같았다.

"아! 오셨군요. 반갑습니다."

"늦어서 죄송합니다."

장위안 실장이 자리에서 일어나 수와 악수를 주고받았다.

이제 두 번째 만나는 자리이지만 장위안 실장은 넉살 좋은 미소를 머금으며 어려울 수 있는 자리를 편안하게 만들었다.

"어, 생각지도 못한 미녀분하고 같이 오셨네요. 반갑습니다, 고은은 씨."

"절 아세요?"

앞말이 한국어였다면, 뒷말은 중국어였다.

놀란 고은은이 눈을 동그랗게 뜨고 묻자 장위안 실장이 새하얀 치아를 보이며 웃었다.

"중국이 주목하고 있는 여류 프로 바둑기사를 왜 모르겠어요?"

"아."

"실은 농담이고, CF를 통해서 몇 번 봤습니다. 가까이서 뵈니 카메라가 죄를 많이 지었네요. 실물이 훨씬 아름다우십니다."

"아, 아니에요."

칭찬은 고래도 춤을 추게 한다고 했다.

예쁘단 말을 지겹도록 듣고 성장한 고은은이지만 언제 들어도 질리지 않는다.

장위안 실장은 넉살 좋게 분위기를 맞추면서 단번에 고은은과 수의 사이를 짐작했다.

하지만 곤란할 수도 있는 개인사는 모르는 척 넘어가며 프로페셔널한 모습을 보였다.

"다시 만나 뵙게 되니 반갑습니다. 못 보던 새에 신수가 훤해지셨네요."

"8강에서 떨어진 이후로 좀 쉬면서 지냈습니다."

"아! 프로에 입단했단 얘기 들었습니다. 늦었지만 축하드립니다."

아주 사소한 일상적인 이야기가 오갔다.

비즈니스를 위한 만남이지만 장위안 실장은 결코 급하게 말을 꺼내는 우를 범하지 않았다.

"이제 본격적으로 프로 바둑기사로 활동을 하시는 건가요?"

"뭐, 그런 셈이죠."

"축하드려야 할 일이긴 한데, 저희 쪽에서는 꽤나 아쉬운 일이네요."

"……"

"실은 이리 수 씨를 뵙자고 한 건 정말 좋은 제안을 하고자 함이거든요."

"좋은 제안이요?"

반문을 하는 수도 궁금했다.

"혹시 나는 진짜 가수라는 프로그램을 아시는지?"

"알다마다요. 제가 손에 꼽을 정도로 좋아하는 음악 프로

그램 중 하나입니다."

나는 진짜 가수다.

매화 쟁쟁한 가수들이 노래를 불러 청중 평가단의 심사를 받는 서바이벌 프로그램이다.

아마추어 참가자가 아닌, 프로에서 활동 중인 가수들이 참여하여 경쟁을 하는 이 프로그램은 세간의 이슈와 주목을 한 몸에 받았다.

이름만 대면 알 법한 한국 최고의 가수들이 경연을 벌여서 탈락을 한다는 건, 이전에 본 적이 없는 획기적인 시스템이며 동시에 진짜 노래에 목말라 있던 시청자들의 갈증을 덜어줄 수 있는 참신한 무대였기 때문이다.

"저희 스카이 블루에서 나는 진짜 가수다 판권을 구매해, 내년 초 중국 방송을 확정 지었습니다."

"······!"

한국의 유명 예능 프로그램이나 드라마 등의 판권 해외 진출이 최근 들어 부쩍 늘어났다.

한류 열풍을 타고 미디어 매체들이 세계 방방곡곡으로 퍼져 나가면서 세련되면서도 리얼리티를 추구하는 한국의 예능 프로그램에 대한 관심이 커진 것이다.

'나만 해도 한류의 영향을 실감했지.'

수는 아직도 똑똑히 기억한다.

상해 공항에 도착했을 때 몰려들었던 열성적인 중국 팬들의 응원을 말이다.

"축하드려야 하는 거죠?"

"네."

"축하드립니다."

"감사합니다."

형식적인 말 사이에서 수는 의문을 품었다.

'나는 진짜 가수다 중국 진출과 좋은 제안은 무슨 관련이 있지?'

곰곰이 생각을 해보았지만 가운데 딱 맞아드는 접점을 찾지 못했다.

"실은 수 씨한테 할 제의도 이 나는 진짜 가수다와 관련이 있습니다."

"어떤?"

"콘셉트상 총 7인의 초대 가수가 경쟁을 하게 되는데, 중국 가수 6인을 제외하고 마지막 한 명에 수 씨가 들어가 줬으면 하는 부탁을 드리려고 왔습니다."

"……!"

순간 장위안 실장의 말에 수가 까무러치게 놀라고 말았다.

나는 진짜 가수다에 출연을 하는 가수들은 저마다 수십 년의 내공을 지니거나, 대중들에게 인정을 받는 최고의 가창력을 보유한 진짜 가수들이다.

중국이라도 해도 마찬가지다.

국내엔 널리 알려지지 않았지만 가창력으로 널리 인정받는 중국 가수들이 즐비한데, 감히 제대로 된 앨범 한 장 내지 않은 수가 거기에 낀다는 것 자체가 말이 되지 않았다.

"꽤나 놀란 표정을 짓고 계시네요."

"솔직히 말하면 많이 놀랐습니다. 죄송합니다만, 저 같은 어중이떠중이가 나갈 프로그램은 아니란 생각이 자꾸 드네요."

좋은 기회를 떠나서, 눈 딱 감고 나가고 싶은 마음도 들었다.

나는 진짜 가수다 중국판이긴 했지만, 최고의 가수들만이 나갈 수 있는 프로그램이다.

염치 불구하고 얼굴에 철판을 깔고서라도 나가 그들과 자웅을 겨룰 수 있다는 상상만으로도 수의 피가 뜨거워졌다.

"진짜 수 씨는 자격이 없다고 생각이 하나요?"

"네."

"루한 씨."

장위안 실장이 호명을 하자 이제까지 경청만 하며 자리를 지키던 프로듀서 루한의 입이 트였다.

"전 동양인 최초로 미국 빌보드에서 유명 팝 가수들을 프로듀싱한 적이 있습니다. 언어가 다르면 감성의 표현이 다 다른 법인데, 그날 수 씨가 와이탄에서 부른 노래는 인종, 언어, 문화를 초월해 인간이 느끼는 감정 그대로 노크를 했습니다."

장위안 실장이 굳이 필요 없는 동시 통역을 했으나, 수는 모르는 척 앉아 있었다.

"그건……."

"이 프로그램은 타이틀 그대로 진짜 가수를 찾는 겁니다. 경력이나 앨범 판매는 중요하지 않습니다. 제가 생각하는 진짜 가수는 이수 씨 같은 사람입니다."

"……."

과분하다 못해 넘치는 칭찬에 수는 몸 둘 바를 몰랐다.

'내가 이 정도 칭찬을 들을 자격이 있나?'

잘 모르겠다.

칭찬은 고래도 춤추게 한다고 날아갈 듯이 기쁘긴 했지만 부담이 되기도 했다.

꼬옥.

고은은이 테이블 아래로 수의 손을 잡아줬다.

장위안 실장과 대화는 한국어로 이루어지는지라 이해하지 못했으나, 조금 전 루한 프로듀서의 말은 중국어였기에 대화를 이해했다.

"저희는 초대 일곱 가수 중 한 자리를 꼭 수 씨가 채워줬으면 합니다."

"……."

수는 어떤 결정을 내려야 할지 망설였다. 마음 같아선 정말 놓치고 싶지 않은 기회였지만 너무 과분한 자리인 것 같아 선뜻 용기가 나지 않았다.

"출연을 하게 되면 전 블루 스카이와 계약을 하게 되나요?"

"솔직하게 말씀드리자면 그렇습니다."

"프로 바둑기사와 가수로 병행을 한다는 얘기군요."

쉽지 않은 일이다.

두 마리 토끼를 잡으려다가 두 마리 토끼를 모두 놓쳐 버린다는 말이 있다.

진성화재배 8강이라는 훌륭한 성적을 올리고 입단을 확정 짓긴 했지만 수가 프로 바둑기사로서 보여준 실적은 아직 미비하기 그지없다.

이제 첫발을 뗀 형국에 불과하다.

그런 와중에 중국 최고의 가수들과 겨루는 프로그램에 출연을 하라?

욕심은 생기지만 쉽게 그러겠다고 하기란 쉽지가 않았다.

"최대한 편의를 봐드릴 겁니다. 한국에 거주하시며 중국을 왕래하시면 됩니다. 디지털 앨범으로 일 년에 한 곡만 발표해 주시면 그걸로 족합니다. 다른 방송 출연을 강요하지도 않을 겁니다."

"……."

"저번에도 말씀드렸지만 한국 제이엠 방송사와 얽힌 문제도 해결해 드리겠습니다. 계약금도 3억에 1억을 더 얹어 드리겠습니다."

"4, 4억."

사람은 거짓말을 해도, 돈은 거짓말을 하지 않는다고 했다.

중국의 시장 규모를 감안하면 계약금으로 많은 액수가 아닐 수도 있지만, 수에게 있어선 부담스러우리만치 큰 금액이었다.

혹하지 않으려야 혹하지 않을 수가 없다.

너무도 파격적인 제안이다.

"중국어를 구사할 수 있었으면 좀 더 드릴 수 있겠지만, 이 액수가 저희가 드릴 수 있는 최고의 대우와 금액입니다."

"……."

그 자체만으로도 숨이 막힐 만한 큰 액수다.

이제 남은 건 수의 결정이다.

"궁금한 게 있는데, 프로그램에 출연하게 되면 중국 노래로 겨루게 되는 건가요?"

"그건 답변을 드리기 어렵네요. 남한과 마찬가지로 각 미션에 부합하는 노래를 선택해서 경쟁을 하기 때문입니다."

"그렇군요."

"지금 당장 대답을 안 주셔도 됩니다. 시간을 갖고 천천히 생각을 해보시고……."

"아뇨. 지금 결정하겠습니다."

더는 질질 끌어봐야 의미가 없다. 어차피 결정을 내려야 한다면 승낙이든 거절이든 바로 결단을 내리는 게 옳다.

"계약하겠습니다."

"잘 생각하셨습니다!"

노심초사를 하고 있던 장위안 실장의 만면이 환하게 펴졌다.

한국행이 아쉽지 않게 좋은 성과를 올린 까닭이다.

"단, 한 가지 조건이 있습니다."

"조건이라, 말씀해 보세요. 할 수 있는 한 최선을 다해서 수용을 하겠습니다."

"그전에…… 둘만 얘기했으면 합니다."

"무슨 말씀인지 알겠습니다."

두 사람만이 알아들을 수 있는 한국어로 대화 중이지만 계약과 관련된 내용은 아주 민감한 사항이다.

"죄송하지만 자리를 좀 비켜주실 수 있을 까요."

총대를 맨 장위안 실장이 중국어로 부탁을 했다.

말을 전해 들은 고은은과 수와 눈이 마주쳤다.

수는 옅은 미소와 끄덕임으로 그리해 달라고 부탁을 했다.

루한 프로듀서와 함께 건너편으로 자리를 옮기고 나서야 본격적인 협상 테이블에 앉게 되었다.

"아까 말씀하셨던 조건으로 돌아가 볼까요?"

"그전에 묻고 싶은 게 있습니다."

"뭐든 편히 물어보세요."

"제가 중국어를 자유자재로 구사할 수 있다면 계약 조건에 영향이 가나요?"

협상의 기본은 자기가 쥔 패를 먼저 오픈하지 않는 것에 있다.

내 패를 숨기고, 상대의 패를 알 수 있다면 좀 더 손쉽게 원하는 걸 얻을 수가 있다.

매니지먼트 계약은 처음이었지만 바둑을 두며 몸에 밴 습관이 자연스레 튀어나왔다.

"아무래도 그럴 수밖에 없습니다. 언어가 통한다는 건, 대중에게 다가가는 친근함에서 차이가 납니다. 앞서 제가 제시한 금액에 1억 원은 최소 더 드릴 수가 있습니다만……."

장위안 실장은 여운을 남기듯이 끝말을 흐렸다.

'왜 이런 걸 묻는 거지?'

이미 저번 만남을 통해서 수가 중국어에 능통하지 못하단 걸 잘 알고 있었다.

그런 까닭에 전혀 그 액수를 지불할 뜻이 없음에도 협상의 흔들기 용도로 꺼낸 말에 불과했다.

'한 달 사이에 중국어라도 배웠나?'

의문이 들긴 했지만 크게 신경 쓸 수준은 아니었다.

언어라는 것이 하루아침에 익힐 수 있을 만큼 만만한 게 아니다.

바로 그때였다.

수의 입이 열리며 중국의 표준어인 북경어가 튀어나왔다.

"저 중국어 꽤나 잘합니다. 그간 티를 내진 않았지만, 회화에 아무런 문제가 없을 정도죠."

"……!"

장위안 실장의 눈이 튀어나올 것처럼 커졌다.

이질감이라곤 전혀 들지 않는다. 중국 현지민 같은 중국어 발음을 구사하며 떠드는 모습에 입이 다물어지지 않았다.

"어, 어떻게…… 중국어를 할 줄 아는 걸 감추고 계신 겁니까?"

"의도적인 건 아닙니다. 단지, 사람들의 주목을 받는 게 싫어서 숨겼을 뿐입니다."

"……"

수의 말은 반은 진심이고, 반은 거짓말이다.

생각지도 못한 타이밍에 얻은 언어능력인지라 사람들의 의심을 살 수가 있었다. 그래서 숨길 수밖에 도리가 없었다.

"수 씨는 제가 생각하던 것 이상으로 무서운 사람이네요. 바둑기사들의 생각은 일반인이 못 쫓아간다던데 딱 그러네요."

"아뇨, 저야말로 본의 아니게 이런 식으로 계약에 이용하는 것 같아 죄송합니다."

장위안 실장이 고개를 저었다.

"그런 말씀 마십시오. 돈 1, 2억이 중요한 게 아니라, 중국어를 구사할 줄 아신다는 것 자체가 향후 중국 활동에서 크게 도움이 될 겁니다."

"그런가요?"

"제가 한 말은 지키겠습니다. 계약금 4억에 추가로 1억을 더 얹어서 드리도록……."

"아뇨."

수가 딱 말을 잘랐다.

"제가 앞서 드리고자 했던 조건은 돈이 아니라 다른 겁니다."

"어떤?"

수는 힐끗 반대편 빈자리에 앉아 걱정스러운 눈길로 차창 밖을 보는 고은은을 보았다.

"눈치채셨겠지만, 제가 사랑하는 여자입니다."

"어렴풋이 감은 잡고 있었습니다. 실물로 보니 더 미인이
시더군요. 충분히 사랑에 빠질 만한 여자 분이십니다."

"제 계약을 할 때, 그녀도 함께 계약을 했으면 합니다."

"네?"

짐작조차 할 수 없었던 수의 제의에 장위안 실장이 눈을 깜
빡였다.

"그, 그 말씀은 서브 계약을 말씀하는 건가요?"

"그럴 수도 있겠네요. 주기로 한 돈 대신에 부탁드리는 거
니까."

"왜 이런 제의를 하는지 물어봐도 되겠습니까? 제가 알기
로 고은은 씨는 이미 상해기원에서 프로 바둑기사뿐만 아니
라 CF모델로도 왕성한 활동을 하고 있는 걸로 아는데요."

국내외 연예인에 대한 정보는 장위안 실장이 빠삭하게 꿰
고 있었다. 하는 일이 그쪽이다 보니 당연할 수밖에 없었다.

이미 스카이 블루에서는 고은은에 대한 가치 평가를 내렸
다.

혼혈로 빼어난 미모와 몸매를 보유한 그녀는 대외적으로
CF활동을 하면서 여성스러우면서도 성공한 커리어 우먼이
갖는 지적인 이미지를 두루 갖춘 여성상으로 평가했다.

그러나 스카이 블루는 중국을 아울러 세계로 발돋움하려는 최대 기획사다.

　고은은은 성공을 할 수 있는 가능성은 있으나, 그 활용 가치가 크게 높지 않았다.

　주업이 프로 바둑기사다 보니 연예인으로 대성을 하기 위한 음악, 연기, 예능 등의 분야에서 활동의 폭이 너무 좁았다.

　"실은 사정이 생겨서 한동안 프로 바둑기사로 활동이 어렵게 됐습니다."

　"그렇군요."

　"한국에서 거주하기 위해 취업 비자가 필요합니다."

　"……!"

　수는 단도직입적으로 원하는 바를 언급했다.

　당황한 기색을 지우지 못한 장위안 실장이 다시금 입을 열었다.

　"그 말씀은……."

　"이 땅, 한국에서 고은은이 활동할 수 있는 여건을 만들어 줬으면 합니다."

Chapter 11

1

"얘기는 잘 끝낸 거예요?"

꽤 긴 시간을 기다리고 있던 고은은이 걱정스럽게 물었다.

"그럭저럭요."

"계약…… 한 거예요?

수는 대답 대신에 알 수 없는 미소를 지어 보이며 말했다.

"한잔할래요?"

"그래요."

고은은도 거절하지 않았다.

성인 남녀의 대화에서 술 한잔 정도는 대화의 윤활유가 되어주니까.

고은은과 수는 괜찮은 바나 술집을 찾기보단 대형 마트로 갔다.

분위기가 아무리 좋고 안주가 맛있어도 오피스텔에서 단둘이 마음 편히 마시는 술이 가장 맛깔난다는 걸 알아버렸다.

신혼부부마냥 다정하게 장을 보던 고은은이 소주를 집자 수가 말했다.

"오늘은 와인 마셔요."

"수 씨, 와인 잘 못 마시잖아요?"

"마시고 싶어서 그래요."

고은은이 모처럼 기분 좋게 웃었다.

서로를 배려하며 맞춰주는 모습이 스스로 생각을 해도 참 보기가 좋았다.

'언제까지 이렇게 지낼 수 있을까?'

불현듯 그런 불안감이 드리워졌지만 그녀는 애써 머릿속에서 지워 버렸다.

장을 보고 오피스텔에 도착한 두 사람은 테이블에 마주 앉았다.

와인 두 잔과 마트에서 산 치즈와 과자가 전부였지만 어떤 고급 바나 술집보다도 마음 편히 마실 수 있는 이곳이 좋았다.

"건배!"

좌식 탁자를 두고 와인 잔이 부딪치는 고운 소리가 퍼졌다.

쨍!

청명한 소리가 그윽한 향과 어울리며 한껏 와인의 맛을 돋
웠다.

"으, 떫어. 이건 무슨 맛으로 먹어요? 다시 먹어도 적응이
안 되네."

"수 씨가 싫어하는 그 맛에 먹는다면 믿어줄래요?"

"믿어야죠, 누가 하는 말인데."

두 사람은 눈빛을 교환하고는 다시 짠을 했다.

한 모금씩 입술을 촉촉히 적시는 와인에 분위기가 점점 무
르익어 갔다.

"아까 얘기 어떻게 됐는지 안 물어봐요?"

"물어보면 얘기해 주게요?"

고은은이 조심스럽게 말을 꺼냈다.

꽤나 오랜 시간 대화가 오간 걸로 보아 꽤 진척이 됐을 거
라 짐작은 했지만 자세한 건 묻지 않았다.

자신이 사랑하는 남자가 먼저 말해주길 기다리고 있었다.

"스카이 블루와 계약하기로 했어요. 프로 바둑기사 활동에
최대한 폐가 되지 않는 선에서 모든 걸 맞춰준대요."

"축하해요, 수 씨!"

"……."

"제가 처음 수 씨를 본 건 무대 위였어요. 바둑판 앞에 앉아 있는 모습도 보기 좋지만, 그 못지않게 수 씨는 무대 위에 서야 해요. 축하해요."

고은은은 진심으로 기뻐하며 축하의 말을 전했다.

그녀는 수가 불렀던 노래들을 아직까지 벨 소리나 컬러링으로 해둘 만큼 수의 팬이었기에, 다시 무대 위에 설 수 있단 사실이 너무 기뻤다.

"또 있어요."

"네?"

"제멋대로 은은 씨를 스카이 블루와 계약해 달라고 부탁했어요."

"……!"

"알아요, 저도. 은은 씨가 연예계보단 바둑기사로서 더 활동하고 싶어 하는 거. 하지만 이 방법밖에 없었어요."

말을 꺼내는 내내 수는 고은은의 눈을 마주치지 못했다.

아무리 상황이 좋지 않더라도 독단적으로 스카이 블루와 그녀의 계약에 대해 왈가왈부 떠든 건 도를 지나친 행위였기 때문이다.

"의견도 구하지 않고 결정해서 미안해요. 그렇지만 이대로 은은 씨를 보내고 싶지 않아서 그랬어요."

"수 씨."

"몇 달이면 돼요. 한국기원 측에서도 다시 답변을 준다고 했으니……."

고은은이 양손을 뻗어 테이블 너머에 있는 수의 손을 꼭 잡았다.

"미안하단 말 하지 마요. 저야말로 수 씨 곁에 있고 싶어요."

"그래도……."

고은은은 고개를 저으며 미소를 지었다.

내색은 하지 않았지만 수가 느낀 심적 고통이 얼마나 컸을지 짐작이 간다.

아직 어리다고밖에 볼 수 없는 나이임에도 고은은을 지키고 책임지고자 부단히 애를 쓰는 모습은 딱하기까지 했다.

"고마워요, 수 씨."

"괜찮겠어요? 계약은 계약이라, 한국 쪽 연예인 활동을 할 수밖에 없을 텐데……."

"감수해야죠. 또 하다 보면 나름대로 재미가 있을 거예요."

고은은은 전혀 싫은 기색을 보이지 않았다.

수가 어렵사리 얻은 기회다.

정식으로 매니지먼트와 계약을 해서 활동을 하는 건 그녀의 계획에 없었으나, 수와 함께 있을 수 있다면 감당할 수 있을 것 같았다.

'나를 위해 다 줄 수 있을 것 같은 남자.'

꽤 많은 남자와 교제를 했으나, 이런 신뢰를 준 남자는 수가 처음이다.

더 놀라운 건 이렇게까지 고은은을 위해 애를 쓰면서 아직도 몸에 손을 대지 않았다는 것이다.

'갖고 싶어, 이 남자의 구석구석을.'

고은은도 많이 참았다.

아껴주겠다는 수의 말대로 신뢰가 쌓여 서로를 원할 때까지 기다렸다.

"수 씨."

고은은이 나지막이 이름을 부른다.

수가 살짝 고개를 들며 눈을 맞추려는데, 상체를 가까이 가져온 그녀가 입을 맞췄다.

갑작스런 키스에 수는 놀란 표정을 지었지만, 이내 호응을 했다.

서로를 깊게 알아가는 혀의 엉킴은 서로를 더 간절하게 원하게 만들었다.

스으윽!

고은은이 좌식 탁자를 옆으로 밀어버리고 안겨들었다.

엉덩이를 깔고 상체를 젖힌 채 누워 있는 수의 품에 안긴 고은은이 적극적으로 키스를 했다.

"은은 씨, 이건……."

수 역시 남자다.

이쯤 되면 욕망을 이기기 힘들다.

겨우 이성의 끈을 잡고 외면을 하려고 할 때 고은은이 먼저 자신의 셔츠의 단추를 풀며 속삭였다.

"사랑해요."

"……!"

이제까지 고은은은 먼저 수를 원하지 않았다. 아껴주고 있는 수의 마음이 너무 고마워서 언젠가 안아주길 기다리고 있었다.

하지만 오늘은 달랐다.

적극적으로 수를 원했다.

"내가 더…… 사랑해요."

수도 더는 빼지 않았다.

아껴주는 것도 중요하지만 지금 이 순간 고은은을 너무나 갖고 싶었다.

거추장스러운 옷가지를 벗어 던지고 나체가 된 두 사람이 침대에 나란히 누워 격렬한 키스를 나눴다.

"아!"

거칠어진 숨소리만큼이나 들뜬 신음소리가 터져 나오며 방안의 공기를 후끈하게 달궜다.

그간 두 사람이 나눈 건 플라토닉 사랑이다.

관념적이지만 순수한 정신적인 사랑.

하지만 그걸 넘어선 두 사람은 에로스적 사랑으로 진정한 사랑을 확인했다.

관능적인 서로의 몸을 갈구하고 깊이 느껴가는 진정한 사랑은 플라토닉 사랑으로 채워질 수 없는 더 깊은 사랑의 조각을 맞춰주었다.

삐걱! 삐걱!

"아아!"

오늘을 위하여 웃돈을 주고 산 매트리스가 드디어 제값을 했다.

2

"……."

창문을 가려놓은 커튼 사이로 스며들어 오는 햇살에 수가 뒤척거렸다.

중천에 뜬 해가 증명을 해주듯이 오후가 다 되도록 수는 잠에 취해 있었다.

서서히 선명해지는 정신으로 아래를 내려다보니 고은은이 품에 안겨 새근새근 잠이 들어 있었다.

스슥!

눈에 넣어도 아프지 않을 것 같은 그녀의 잠든 모습을 사랑스럽게 내려다보며 머리를 쓸어 넘겨주었다.

'나도 참…… 어제 짐승 같았어.'

수는 민망한 생각이 들어서 볼을 긁적였다.

봇물이 터진 수와 고은은은 서로를 정말 미친 듯이 원했다.

횟수만 하더라도 그렇다.

무려 6번을 넘게 서로의 몸을 원하고, 사랑했다.

잠깐 잠이 들었다가도 살결이 맞닿으면 비몽사몽 중에도 하나가 되었다.

누가 먼저라 할 것도 없었다.

사랑의 감정이 깊은 만큼 더 알아가고 싶은 갈증을 느낀 것이다.

고은은이 깨지 않게 수가 조용히 매트리스를 내려왔다.

실오라기 하나 걸치지 않은 나체로 거실로 나가서 냉수 한 컵을 마셨다.

"다행이야. 그녀가 한국에 있게 돼서."

겨우 잡았는데 다시 상해로 돌아가 정략결혼의 희생양이 되면 어쩌나 내심 속병을 앓았던 수다.

비록 프로 바둑기사로서 당장의 활동은 어렵게 됐지만 취업 비자를 발급받고 한국에서 연예인으로 활동할 기회를 부여받으며 시간을 벌게 되었으니 다행이라는 생각이 들었다.

"수 씨?"

"일어났어요?"

수는 눈도 뜨지 못하고 자신을 찾는 고은은의 옆자리로 얼른 돌아갔다.

"더 자지, 왜 벌써 일어나요?"

"그러는 수 씨는요."

"어쩌다 보니…… 헉!"

자연스럽게 대화를 이어가는 와중에도 수의 시선이 자꾸만 침대 위에 누워 있는 육감적인 고은은의 몸매로 갔다.

또 어젯밤에 나누었던 사랑이 떠올랐다.

탄력적인 그녀의 몸은 수를 헤어 나올 수 없을 만큼 깊이 빨아들였다.

불끈.

수의 상징에 그만 또 힘이 들어가고 말았다.

당황하는 수의 마음을 아는지 모르는지 팔과 다리로 몸을 휘감던 고은은의 피부가 수의 상징에 그만 딱 닿고 말았다.

"어머!"

"그게……."

놀라는 고은은의 표정에 수가 멋쩍게 웃었다. 어젯밤 과하다 싶을 정도로 사랑을 나누고도 힘을 내는 상징에 본인도 당황한 것이다.

"그거 알아요, 수 씨?"

"뭘?"

"나 야한 여자인가 봐요."

"네?"

"눈 뜨자 마자 수 씨의 몸이 생각나는 걸 보면."

"……!"

다시 시작된 정열적인 키스에 두 사람이 너 나 할 것 없이 빠져들어 간다.

흔히 이런 말이 있다.

신혼부부 생활의 8할은 야한 동영상이라고.

비록 신혼은 아니지만, 동거에 가까운 생활을 하는 이 두 사람의 생활도 그러한 말과 크게 다르진 않을 것 같았다.

3

정식으로 계약서를 들고 장위안 실장이 다시 한국을 찾았다.

명동 로얄 호텔에서 가진 만남에서 수는 꼼꼼히 그가 가져

온 열 장이 넘는 계약서를 한 글자도 빠짐없이 읽고, 또 읽었다.

"조심성이 많으시네요."

"아시잖아요? 한 번 데인 적이 있다는 거."

장위안 실장은 말없이 웃으며 시선을 고은은에게 돌렸다.

"계약금이 그리 높진 않습니다만, 취업 비자 발급엔 무리가 없을 겁니다."

"네."

"아! 한국어 공부 꾸준히 하시고요. 아셨죠?"

고은은이 고개를 끄덕였다.

계약서에 서명을 하긴 했으나, 언어가 통하지 않는 입장에서 대한민국에서 무작정 활동을 시작하는 건 쉬운 일이 아니다.

"기본적인 회화가 되셔야 할 거예요. 저희 쪽이랑 파트너십을 맺은 국내 기획사 쪽에서 방송 출연 섭외를 도맡아 진행할 겁니다."

"알겠습니다."

"아차, 그리고 수 씨."

"네, 말씀하세요."

이미 몇 번이고 확인을 했음에도 불구하고 또 문제가 될 만한 게 있나 싶어 계약서를 확인하던 수가 반문을 했다.

"혹시 음반 작업을 하실 만한 녹음실이 있으세요?"

"아뇨, 아시겠지만 활동 정지를 당한 상태라……."

"저희 한국지부는 매니지먼트를 주로 해서 곡 작업을 하실 만한 곳이 없다고 하더라고요. 따로 친분이 있거나, 하고 싶은 장소가 있으신지?"

수는 곰곰이 생각에 잠겼다.

프로 바둑기사 활동이 주가 되긴 하겠지만, 계약서에 서명을 하게 되면 어찌 됐든 수에게는 블루 스카이와 맺은 계약을 충실히 이행할 의무와 책임이 뒤따른다.

'녹음실이라…… 아, 맞다!'

그간 까맣게 잊고 지내던 뭔가를 떠올린 수가 손뼉을 쳤다.

"가시나무 뮤직!"

"오, 아시는 곳이 있나요?"

"네, 영세 음반 기획사이긴 한데 제가 음반 활동 정지를 당했을 때에도 곡을 쓰고, 작업을 할 수 있게 도와주신 분이 대표로 있어요."

수는 차문도를 떠올렸다.

김강진의 매니저 출신의 그는 비록 독립을 한 이후로 큰 성공을 거두진 못했지만, 김강진 같은 진짜 가수를 키우고 음반을 내고자 고집스럽게 살아가고 있었다.

"그거 잘됐네요. 연락처를 주시면 그쪽에 저희가 따로 연락을 해서 수 씨의 작업에 지장이 없도록 하겠습니다."

"네."

"그러면 이제 서명하시죠."

수와 고은은이 나란히 서명란에 사인을 했다. 그리고 따로 챙겨놓은 인주로 계약서에 마저 지장을 찍었다.

"계약금은 오늘 중으로 두 분 다 입금이 될 거고요. 조만간 지부 쪽에서 전담 매니저 겸 담당자를 붙여 드리겠습니다. 거의 붙어 지내시는 걸 보니 국내에선 한 분으로 배정해 드려도 괜찮죠?"

"저흰 상관없습니다."

수와 고은은이 또 손을 마주 잡았다.

프로 바둑기사가 아닌 전혀 다른 세상으로 나아가기 위한 계약이다.

홀로 걸어 나가야 한다면 버겁고 힘든 길이 될 수도 있겠지만, 두 사람이 함께 걸어갈 수 있기에 많은 위로와 격려가 되었다.

계약서 서명을 하고 머지않아 장위안 실장은 또 다른 국내 일정이 있다며 먼저 일어났다.

단둘이 남게 된 고은은이 모처럼 환한 미소를 머금고 말했다.

"기쁜 날인데, 우리 오늘 뭐 할래요?"

"하고 싶은 거 있어요?"

"같이 있고 싶어요."

고은은의 망설임 없는 대꾸에 수가 피식 웃었다.

"맨날 붙어 있으면서."

"그래도 좋은 걸 어떻게 해요?"

남들이 들으면 지독한 닭살이라고 욕할 테지만 두 사람은 이런 말들을 주고받으며 웃을 수 있단 사실만으로도 기쁘고 행복했다.

"실은 은은 씨랑 같이 가고 싶은 데가 있는데, 같이 갈래요?"

"어디요?"

"우리 집이요."

"네?"

"좋은 날이잖아요. 정식으로 은은 씨를 우리 부모님께 소개시켜 드리고 싶어요."

"……!"

보름달처럼 커진 고은은의 눈이 작아질 기미를 보이지 않았다.

4

"너무 부담 갖지 마요. 당장 결혼 승낙 받으러 온 것도 아니고, 편하게 생각해요."

"그게 마음먹은 대로 잘 안 돼요."

수의 집 대문 앞에 선 고은은이 가슴에 손을 얹고 크게 심호흡을 했다.

흔히 남자들이 하는 말이 있다.

'우리 엄마는 안 그래.'

'편하게 집처럼 생각해.'

하지만 여자 친구나, 며느리의 입장에선 그리 편하게 생각을 먹을 수가 없다.

아무리 그래도 어른들이 있는 곳이고, 가족들 사이에서 여러 가지 말이 오갈 것이기에 작은 행동, 말 한마디에도 조심스러울 수밖에 없다.

"들어갈까?"

앞장서는 수를 따라 고은은이 뒤를 따랐다.

"저 왔어요."

현관문을 열고 들어서며 외치자 거실에서 기다리고 있던 엄마와 아버지, 준이 반갑게 맞이했다.

"왔니? 어머, 네가 우리 아들 여자 친구구나?"

고은은이 허리를 숙이며 인사했다.

"아, 안녕하세요. 고은은입니다."

어눌한 한국어에 엄마가 어색하게 웃으며 거실로 안내했다.

"서 있지 말고 어서 와서 앉으렴."

"가서 앉자."

수는 손수 고은은을 챙겼다. 혹여 어색함이 도가 지나쳐 불편을 느낄까 봐 이것저것 챙기고자 했다.

거실에 자리를 잡고 앉자 준이 고은은의 미모에 반해 눈을 떼지 못했다.

"와…… 형, 전생에 나라 구했어?"

"예쁘지?"

수가 실없이 묻자 준이 넋 나간 얼굴로 고은을 빤히 보며 끄덕였다.

"어. 연예인 같아. 진짜 아름다우세요."

그간 부지런히 한국말 공부를 한 덕에 고은은도 이해한 듯 웃었다.

"칭찬 고마워요."

"목소리도 녹는다, 녹아. 형! 이런 분 있으면 나도 좀 소개시켜 주라!"

부러워 죽겠다는 듯이 준이 하소연을 하자 부엌에서 차를 내오던 엄마가 핀잔을 줬다.

"여자는 뭔 여자! 그 꼴을 당하고도 또 여자를 만나고 싶어?"

"윽!"

시간이 좀 지나며 꽃뱀 사건의 상처가 무뎌졌기에 엄마가 아무렇지 않게 쏘아붙였다.

소파에 앉아 계신 아버지도 한마디 보탰다.

"참 곱구나."

수가 흐뭇하게 웃으며 아름에게 그 말을 전하자, 그녀가 몸 둘 바를 모르겠다는 듯이 대꾸했다.

"아버님은 신사 같으세요."

"신사? 참 듣기 좋은 말만 골라서 하는구나."

별거 아닌 칭찬에도 아버지의 만면에 웃음이 피었다.

삭막한 아들 둘만 키우다 보니 늘 딸이 아쉬웠던 아버지다.

"얘기 많이 들었어요. 우리 수가 프로 바둑기사 될 수 있게 도움을 많이 줬다고요?"

수가 중간에 영어로 통역을 했다.

말을 끝까지 들은 고은이가 손사래를 쳤다.

"그런 말씀 마세요. 오히려 제가 한국에 와 수 씨에게 많은 신세를 지고 있어요."

"그런 말 말래."

수가 다른 말은 여과해서 전달했다.

"그게 다니? 더 길게 말한 거 같은데?"

"엄마가 참 미인이시래."

"정말? 호호, 얘가 보는 눈이 있구나."

빈말이라도 이런 말을 주고받을 수 있는 것만으로도 몹시 기뻐 보였다.

"그러고 보니까 형, 오늘 중국 기획사랑 계약한다고 하지 않아?"

"어, 좀 전에 했어."

"그러면 이제 다시 음악하는 거야?"

"그래."

수의 대답에 일시에 가족들의 얼굴이 환해졌다.

생방송 무대에서 사고를 친 뒤, 많은 언론의 몰매를 받았던 수다.

그런 아들을 묵묵히 응원하고 격려해 줬던 가족이다.

말은 하지 않았지만 다시 수가 음악을 시작했으면 좋겠다는 바람을 가졌는데, 이렇게 다시 하게 되었으니 몹시 기뻤다.

"고생 많았다, 우리 아들."

"안 그래도 그 계약 문제로 할 얘기가 있어요."

"말해보렴."

"계약금으로 4억을 받기로 했어요. 아마 오늘 중으로 입금이 될 거예요."

"……!"

"4, 4억!"

일반 서민은 평생 모아도 꿈도 꿀 수 없는 액수에 가족들이 멍한 표정을 지었다. 그만큼 실감이 나지 않는 것이다.

"2억 두 분께 드릴게요. 사채 빚 갚고, 나머지는 엄마, 아버지가 알아서 쓰세요."

"그 큰돈을……."

"준이 너도 과외 줄여. 학비는 형이 내줄 테니까 공부에 전념해서 판사든 검사든 얼른 돼버려."

"형……."

가족들의 눈시울이 붉어졌다.

특히 엄마는 고생해서 번 돈을 떡하니 내놓는 수가 딱하고 고마워서 소매로 눈물을 훔쳤다.

"미안해, 아들. 해준 것도 없이 늘 이렇게 받기만 해서."

"그런 말 마요. 부모자식 간에 그런 말 하는 거 아니에요."

괜스레 덩달아 수까지 감정이 복받치자 일부러 대화의 화제를 돌렸다.

"근데 엄마 며느리 될지도 모르는 여자가 왔는데, 너무 우

울한 거 아니야? 대접이 이렇게 시원찮으면 나 확 가버린
다?"

"예끼, 이놈아. 안 그래도 소갈비찜 해뒀다. 우리 같이 저
녁 먹어요."

일부러 고은은의 언어 수준에 맞춰서 엄마가 또박또박 천
천히 말했다.

기본적인 회화를 어렵지 않게 알아들은 고은은이 예쁘게
대꾸했다.

"네, 어머니."

"어쩜 말도 생긴 것만큼 예쁘게 하네. 꼭 내 젊을 때를 보
는 것……."

"콜록콜록!"

아버지가 갑자기 기침을 해대자 엄마가 죽일 듯이 째려봤
다.

"알잖아, 엄마. 아버지가 거짓말 못 하시는 거. 하하."

"뭐가 어째, 이것아!"

화기애애한 분위기에서 웃음이 끊이질 않았다.

처음엔 어색하던 고은은도 금세 수의 가족 분위기에 적응
했다.

'참 따뜻해 보여.'

부유하게 살진 못해도 서로를 생각하는 마음이 지대하다.

또 이리 한자리에 옹기종기 모여 앉아 웃고 떠드는 모습이 보기 좋았다.

'진짜 가족은 이런 게 아닐까?'

생전 느껴보지 못한 가족의 따스함에 고은은은 씁쓸해졌다.

Chapter 12

1

홍대.

이미 방문했던 경험이 있는 차문도의 사무실은 홍대 카페 거리에 위치해 있었다.

그간 큰 영업이익을 거두진 못한 듯 그리 달라진 점은 없어 보였다.

"어, 왔나?"

문을 열고 들어가자 차문도가 반갑게 맞이해 주었다.

"이쪽이 고은은 씨인가 보네. 만나서 반갑습니다. 차문도 라고 합니다."

"저도 반가워요."

사무실 안쪽에 따로 마련된 소파로 자리를 옮긴 세 사람에게 낯이 익은 얼굴이 커피를 내왔다.

"그…… 전효성 실장님 맞죠?"

"네, 용케 기억하시네요."

"제가 기억력이 좀 좋아서."

아무렇지 않게 기억하고 있던 걸 얘기하던 수는 왠지 서늘해지는 기분을 느꼈다.

"……"

그제야 고은은의 눈빛이 심상치 않음을 느끼곤 진땀을 뺐다.

"스카이 블루 쪽 관계자하곤 합의를 봤으니, 위층에 있는 녹음실 내킬 때 언제든 써도 좋다."

"감사해요, 아저씨. 딴 녹음실을 이용하면 왠지 마음이 편치 않을 것 같았어요."

수는 작고 영세하지만 이곳에 오면 마음이 편했다.

장소가 중요한 게 아니고 차문도라는 사람이 있기 때문이다.

'강진 아저씨를 잊지 않고 기억해 주는 사람.'

그 자체만으로도 참 고마운 분이다.

"말 나온 김에 바로 올라가 볼까?"

"네."

계단을 따라서 올라온 녹음실은 예상외로 깔끔했다. 녹음 기계에 관해선 잘 알지 못하지만 이 정도면 작업을 하는 데 큰 지장은 없어 보였다.

"신형은 아니더라도, 쓸 만할 거다."

"이 정도만 돼도 훌륭한데요?"

슈퍼스타 생방송 이후로 처음으로 찾은 녹음실에 수는 감회가 새로웠다.

'여기서 새롭게 다시 시작하는 거야. 내가 하고 싶었던 음악을!'

수는 심장이 벅차오르는 걸 느꼈다.

그간 겨우 억누르고 있던 음악에 대한 욕구가 다시 생기를 되찾은 듯 팔딱거렸다.

"누구 왔소?"

텅 비어 있다고 생각했던 녹음실 안에서 머리에 새집을 지은 남자가 걸어 나왔다. 추리닝 차림의 그는 잠이 덜 깬 듯 늘어지게 하품을 했다.

"누구?"

수가 묻자 차문도가 이마를 짚으며 대답했다.

"녹음실에 상주하는 직원 이상민."

"디렉터?"

"뭐, 그렇다고 봐야지."

이상민은 기지개를 쭉 켜며 걸어 나오다가 고은은을 보더니 입을 떡 벌렸다.

"뭐, 뭐야, 이 마돈나는?"

"좀 손님 앞에서 촐싹거리지 좀 마라. 내가 너 녹음실에서 자지 말라고 했지."

"쏘리! 와, 아가씨 진짜 미녀다. 내가 살면서 본 여자 중에서 탑 3 안에 들을 만한 미모야."

초면에도 불구하고 코앞까지 다가와 뭐라고 해대는 이상민에게 고은은이 경계심을 느끼며 수의 등 뒤로 숨어버렸다.

"그만하지. 겁먹었잖아?"

"우우! 미녀들은 역시 경계심이 많다니까."

저 할 말만 하는 이상민을 보며 차문도의 두통이 더 심해졌다.

"인사해, 이수. 너도 알지? 이번에 파트너십 체결한 중국 스카이 블루 기획사 가수야."

"알다마다요. 그 유명한 슈퍼스타 생방송 깽판 남 아닙니까?"

"……!"

노골적인 말투로 나오자 차문도의 표정이 굳었다.

이번 스카이 블루와 체결한 파트너십은 단순히 수에게 녹음실을 제공해 주는 것에서 그치는 게 아니라 향후 많은 프로 젝트를 함께할 수 있는 가능성을 가진 미래지향적인 만남이 다.

근데 이상민이 수의 신경을 자꾸 긁어 행여 이 관계가 깨질 까 봐 조마조마했다.

"너 그 주둥아리 조심해서……."

"처음 뵙겠습니다, 이수라고 합니다."

수는 오히려 그런 이상민에게 깍듯하게 예의를 갖추며 인 사를 했다.

의자에 거만하게 몸을 기대고 누워 있던 이상민이 그런 수 를 의미심장하게 봤다.

"우리 대표보다 속은 넓네."

"뭐가 어째?"

"제3자는 빠지시고. 너 강진이 형이랑 친했다며?"

"그걸 어떻게?"

수가 눈을 동그랗게 떴다.

설마 이상민의 입에서 김강진의 이름이 나올 줄은 생각지 못했기 때문이다.

대답은 차문도가 대신했다.

"강진이 형 후배야. 팬이라고 쫓아다녔었는데, 어느 날 보 니 저러고 있더라. 저래 봬도 실력은 좋아. 좀 올드해서 그렇지."

"아!"

소개를 들은 수는 이상민이란 사람을 다시 보게 되었다.

독특한 성격을 떠나서 김강진에 대한 기억을 공유하고 있는 사람과 함께 일을 하게 된 것이 기뻤다.

"너지? 강진이형 노트 받아 간 게."

"네, 저 맞아요."

"가져갔으면, 성과가 좀 있어야 하지 않나? 어때, 한 곡 해 볼래?"

이상민은 다짜고짜 녹음실 안을 턱짓으로 가리켰다.

마치 시험을 보는 듯한 인상을 줘 불쾌감을 느낄 수도 있겠지만 수는 마다하지 않았다.

"저야 좋죠. 안 그래도 노래를 하고 싶어서 그간 얼마나 근질거렸는데요."

"어이, 너 내 말 뜻 제대로 알아들은 기 맞아?"

"네?"

"강진이 형의 노트에 있던 자작곡 부르라고. 너도 생각이 있었다면 네 나름대로 편곡이든 뭐든 했을 거 아니야?"

"......!"

단순히 노래를 부르라는 얘기가 아니다.

이상민은 시험을 하고 있었다. 김강진의 노트를 가져간 수

가 그 가치를 제대로 알고, 가질 자격이 있는지를 알고 싶었
다.

"왜, 자신 없어?"

"······."

수는 잠시 대답이 없었다.

솔직하게 말을 하자면 손에서 김강진의 노트를 놓은 지 꽤
시간이 지났다.

프로바둑 입단을 결심을 한 이후로 음악에 대한 열정은 잠
시 뒤로 밀어두었기 때문이다.

"그럼 그렇지. 뭘 기대한 내가 잘못이지. 됐고, 나중에 녹
음실 필요할 때나 와라."

"해보죠."

"뭐?"

"한 곡 있어요. 강진 아저씨가 만든 곡에 내가 편곡을 입힌
곡이."

"······!"

수의 대꾸에 이상민이 눈에 힘이 들어갔다.

2

'이 퀴퀴한 공기, 녹음 장비······ 참 반갑네.'

녹음실에 들어선 수는 고향에 온 듯한 편안한 인상을 받았다.

말은 하지 않았지만 내심 노래하고 싶었던 열정을 겨우 참고 지냈는데, 그만 오늘에서야 터져 버리고 만 것이다.

헤드셋으로 귀를 감싸자 녹음실 밖에서 떠드는 이상민의 목소리가 들렸다.

—라이브로 갈 거니까, 마음대로 불러봐.

"네."

애초에 간주가 있을 수가 없다.

김강진의 작곡 노트에 적힌 멜로디와 화음, 가사는 전부 미완성이다.

'내가 온전히 기억을 하고 있을까?'

김강진이 남긴 곡 중에서 수가 유독 애착을 가지며 편곡과 개사를 한 작품이 하나 있었다.

심금을 울리는 듯한 멜로디도 마음에 들었지만, 진정성 있게 느껴지는 가사가 가슴에 와 닿았던 곡으로 기억한다.

—자, 큐!

신호가 떨어지자 수가 숨을 골랐다. 양손으로 헤드셋을 꼬옥 감싸며 눈을 감았다.

마른 입술을 혀로 핥아 촉촉하게 만든 수의 성대가 서서히 열린다.

넌 아무렇지 않은 듯
내일 일은 알 수 없다고 말하지
마치 언제라도 나를
떠나 버릴 수 있을 것처럼

반주가 없는 음악이다.

오로지 보이스와 타고난 박자감, 감성으로만 전달이 되는 생음악인 셈이다.

그러나 어색함은 전해지지 않는다.

마치 내 앞에 있는 그 여자가, 나한테 얘기를 하는 모습이 그려지듯이 담담하게 노래한다.

농담인 줄은 알지만
그럴 거라고 믿고 있지만
힘없이 웃고 있는 나는
널 떠나보낼 자신이 없어

미련한 사랑이지 답답한 사랑이지
내일은 아직 멀리 있는데

수는 잠시 숨을 고른다.

비록 간주는 없지만 수의 귀에는 오케스트라 뺨치는 반주 소리가 귀를 가득 메우고 있다.

알고 있지만 나는 두려워
느닷없이 다가올 그 어떤 우연히 너를
내가 모르는 아주 먼 곳으로
너를 데려갈까 봐

"아!"

녹음실 밖에선 탄성이 터져 나온다.

한 곡의 노래가 시중에 발매되기 전까지 많은 사람의 손을 거친다.

프로듀서, 작곡가, 데모 가수, 제작자, 작사가, 디렉터, 연주자 등 그 사람의 수만 해도 헤아릴 수 없을 만큼 많다.

그 많은 손을 거쳐서야 우리가 들을 수 있는 곡이 탄생한다.

"이, 이 자체만으로도 완성된 노래야."

이상민의 음량을 조절하는 손이 사시나무처럼 떨고 있었다.

홀로 노래를 리드하고 압도하는 수의 묵직한 보이스와 가

습 절절하게 전해지는 감성에 그만 경이로운 감탄을 느낀 것이다.

노래는 거기서 끝나지 않았다.

너는 내일을 나는 이별을
지금 함께 있다는 것마저 잊은 채
헤어날 수 없는 미련한 사랑에
조금씩 빠져가고 있어 이렇게이렇게

함께 있다는 것마저 잊은 채
헤어날 수 없는 미련한 사랑에
조금씩 빠져가고 있어 이렇게

수는 마지막 이렇게 부분을 부르며 끝 음을 정수리까지 당겼다.

두성.

머리의 공명점을 두어 고음을 내는 이 창법은 호불호가 많이 갈리는 소리다.

분명 높은 고음은 매력적이나, 자연스레 목소리가 얇아져서 호소력이 떨어지는 이유로 잘 쓰지 않는 창법이기도 했다.

하지만 수는 달랐다.

묵직한 보이스가 흔들림이 없다.

고음을 치고 올라가는 데도 불구하고 오히려 그 무게감을 잃지 않으니 호소력 또한 폭발력을 가지며 힘있게 다가간다.

"맞아, 이렇게 불렀어."

이상민은 팔뚝으로 눈가를 훔쳤다.

"강진이 형이 이렇게 노래를 했어. 꾸밈없이, 가슴을 울게 만드는 진정성 있는 노래를 말이야."

"상민아……."

차문도는 조용히 이상민의 어깨에 손을 얹고 위로했다.

당시 김강진의 팬을 자처하던 아이는 꽤나 실력 있는 디렉터이자 작곡가가 되었다.

만약 고집을 조금 꺾고, 김강진에 대한 향수와 올드함을 버린다면 이미 국내 3대 기획사에서도 탐을 낼 자질을 지니고 있었다.

하지만 이상민은 김강진을 버리지 못했다.

이제까지 이 영세 기획사에 남아 있는 이유도 어쩌면 떠난 김강진을 대신할 재목을 찾고자 하는 바람일지도 몰랐다.

"형."

"어?"

"이 녀석은 진짜야."

"그래, 인마. 내가 뭐라고 했냐?"

"강진이 형 노트의 주인은 얘가 맞아."

때마침 녹음실 안에 있던 수가 노래의 여운을 지우며 눈을 떴다.

어디 해볼 테면 하라는 투로 거만하게 수를 보던 이상민의 눈시울이 붉어진 게 보였다.

고은은과 차문도도 마찬가지다. 여운에 취한 듯 아련한 눈을 하고 있었다.

머쓱한 기분도 들었지만, 한편으론 감동을 선사한 데 대한 뿌듯함을 느끼며 수가 특유의 멘트를 날렸다.

"내 노래가 그렇게 감동적이에요?"

위트를 잃지 않는 수의 말에 정신을 차린 이상민이 감정을 추스르며 말했다.

ㅡ실없는 소리 말고, 그 곡 제목은 뭐냐?

"아직 못 정했어요."

곡 자체의 편곡에만 매진을 했떤 까닭에 제목에 대해선 딱히 생각을 해본 적이 없었다.

그때 이상민이 생각나는 제목이 있는 듯 말했다.

ㅡ미련한 사랑.

수는 머릿속이 맑아지는 느낌을 받았다. 지금까지 노래를 부르며 느꼈던 감정의 여운을 한마디로 정의해 주는 제목이었던 것이다.

"마음에 쏙 드는 제목이네요."

아직은 완성되지 못한 미완의 곡.

하나, 곧 한국을 넘어 아시아를 강타할 수의 타이틀곡의 제목이 정해지는 순간이다.

3

"같이 안 가도 괜찮겠어요?"

수가 재차 의사를 물었으나 수화기 너머에서 들려온 고은은의 대답은 거절이었다.

―아직 방송을 탈 각오가 안 됐어요.

"그래도……."

―전 괜찮으니 수 씨는 꼭 가세요. 안 가면 현규가 많이 서운해할 거예요.

오늘은 현규의 케이팝스타들 3차 예선이 있는 날이다.

앞선 2차 예선까지는 작가와 피디, 보컬 트레이너들이 선별을 했다면 3차 예선은 우리나라에서 손꼽히는 3대 기획사 대표들이 직접 합격 여부를 판가름하는 중요한 무대다.

수는 오늘 있을 녹화에서 지인으로 나와달란 현규와 제작진의 요청을 받고 방송국으로 가고 있었다.

"무슨 말인지 알겠어요. 녹화 끝나고 들를 테니, 한국어 공부 열심히 하고 있어요."

—네, 수 씨도 조심히 다녀와요. 사랑해요.

"저도요."

낯간지러울 수도 있을 말을 수는 공공장소인 지하철에서 아무렇지 않게 표현했다.

지하철을 이용하는 승객들이 그런 수를 눈꼴 시리고 낯간지럽다며 쩨려보기는 했지만 정작 수는 개의치 않았다.

'내가 느끼는 감정을 전달하는 건데, 그게 뭐 어때서?'

생각을 바꾸면 참 달라지는 게 많다.

혼혈이라 표현이 직설적인 고은은과 지내다 보니 수도 본인도 의식하지 못한 사이에 많이 대담하고 솔직해졌다.

수가 찾은 방송국 TBS는 여의도에 위치해 있었다.

미연에 현규과 제작진과 사전 통화를 마친 수는 어렵지 않게 방송국에 들어올 수가 있었다.

'여길 오니 슈퍼스타 예선전이 생각나네.'

불과 몇 달 전만 해도 수 역시 여기 있는 참가자들처럼 긴장하고 순서를 기다렸던 모습이 떠올라 감회가 새로웠다.

"이수 씨?"

수를 알아본 제작진 측에서 다가왔다.

공중파라고 해도 크게 다를 건 없었다. 작가와 카메라맨으로 구성된 2인 1조였다.

"안녕하세요."

"실제 방송 출연은 오랜만이신 거 같은데, 그간 잘 지내셨어요?"

실제 방송이 되면 작가의 질문은 모두 삭제가 된다. 지금 녹화 중인 수의 영상과 대답들만 편집을 해서 따로 방송이 될 것이다.

"네, 못 지내진 않은 거 같아요."

"소문에는 프로 바둑기사가 되었다고 하던데요?"

"다른 꿈을 찾은 셈이죠."

"가수가 되기 이전부터 꾸던 꿈인가요?"

작가는 그간 언론에 노출이 되지 않았던 수에게 궁금함이 많은 듯 연신 질문 공세를 쏟아냈다.

"저기요."

"네?"

"현규와 상관없는 건 안 물었으면 좋겠네요."

"아, 죄송합니다."

까칠한 수의 반응에 질문을 쏟아내던 작가가 무안해했다.

"현규 학생한테 노래를 가르쳐 주고 계시다고?"

"인연을 말하자면 긴데……."

수는 허심탄회하게 중국에서 만난 현규의 엄마 조민과의 만남에서부터 편지에 적힌 부탁, 그 뒤로 인연을 맺게 되어 노래를 가르쳐 주기까지의 모든 이야기를 털어놓았다.

'이런 스토리는 서바이벌 오디션에서는 무시할 수 없는 힘이 되지.'

이미 수는 슈퍼스타Z를 경험하면서 인생이 걸린 스토리의 파급력을 경험을 해봤다.

뛰어난 가창력도 중요하지만, 그 사람의 고된 인생을 대변해 줄 수 있는 스토리야말로 노래 이상의 감성을 보여주는 잣대가 되기도 했다.

"드라마 같은 얘기네요."

"제가 생각해도 그래요."

"현규 학생이 합격할 수 있을까요?"

"네, 물론이고말고요."

수가 확신에 찬 표정으로 대꾸했다. 그러자 작가가 재차 물었다.

"믿는 이유라도?"

"그 나이 때 지닐 수 없는 감성이 있어요. 남들과 똑같이 학교를 다니고, 또래와 어울린 아이들은 절대 가질 수 없는 아픔, 슬픔, 미련, 그리움을 현규는 다 경험을 했어요."

"그게 합격을 자신하는 이유군요."

"결정적인 이유가 하나 더 있어요."

"어떤?"

수가 고개를 돌려 카메라를 직시하면서 의미심장하게 웃었다.

"저요."

"네?"

"제가 현규에게 가르친 건 노래가 아니라, 감동이거든요."

"……!"

Chapter 13

1

"다음 참가자 나와주세요."

대한민국 탑 기획사 중 한곳인 TG의 양태석 대표가 마이크를 잡고 말하자 무대 아래에서 교복 차림의 남학생이 걸어 올라왔다.

한껏 긴장한 남학생은 양손에 꼭 마이크를 쥐고 무대에 섰다.

"자기소개 좀 해주세요."

마흔이 넘는 나이에도 불구하고 현역 가수로 왕성한 활동을 하며 양태석과 마찬가지로 기획사 다다의 대표로 있는 박준형이 말했다.

"서, 서울에서 온 김현규입니다."

현규가 떨리는 목소리로 겨우 대답을 했다.

1, 2차 예선까지는 전혀 긴장이 되지 않았는데 막상 3차 예선까지 올라와서 국내에서 손꼽히는 기획사 대표들 앞에 서니 몹시 떨렸다.

"현규 씨."

편안하게 이름을 부르며 말을 건 남자는 잇몸이 매력적인 류희열이다.

앞선 두 기획사에 비하면 규모로 볼 때는 매우 작았지만 음악성이 훌륭한 뮤지션을 배출해 내고자 노력을 하는 기획사다.

"왜, 왜 부르세요?"

"잘생기셔서요. 꼭 저 어릴 때 보는 것 같네."

"네, 제가요?"

류희열의 자길 닮았다는 말에 현규가 눈을 동그랗게 떴다.

"그런 농담을 해요? 애 놀라게."

"하하. 진짜 놀랐어요, 현규 씨?"

"네? 솔직히 좀……."

현규의 대답에 순간적으로 심사위원들이 웃음을 터뜨렸다.

류희열이 특유의 잇몸이 보이게 웃으며 말했다.

"긴장이 좀 풀리시죠?"

"네, 좀."

현규는 마이크를 양손으로 꼭 쥐고는 고개를 끄덕였다.

그때 자기소개서를 쭉 훑어보던 양태석이 질문을 던졌다.

"여기 존경하는 가수에 보면 이수라고 쓰여 있는데, 모 케이블 프로그램의 그 이수 씨가 맞나요?"

"네, 맞습니다."

현규의 대답에 자기소개에서 한 가지 특이점을 더 발견한 박준형이 재차 물었다.

"이수 씨한테 음악을 배웠다고요?"

"엄마가 제가 보내주신 마지막 선물이에요."

"선물?"

현규는 복받쳐 오르는 감정을 겨우 누르며 그간 있었던 일을 이야기했다.

떨어져 살 수밖에 없는 처지인 엄마의 부탁으로 자신을 찾아와 준 수, 그 인연으로 말미암아 우상이나 다름없는 수에게 노래를 배우게 된 이야기까지 진솔하게 털어놓았다.

"드라마 같은 인연이네요."

감성적인 류희열의 목소리가 떨렸다.

현규의 가족사를 듣는 것만으로도 가슴이 아릿해진 것이다.

"현규 씨, 노래 잘해야겠네요."

"네?"

"이수 씨, 노래 되게 잘하거든."

"……!"

현규가 부담감을 느낀 듯 입술을 깨물었다. 그러자 박준형이 핀잔을 줬다.

"형은 긴장 풀어줄 땐 언제고 또 왜 애한테 부담을 줘."

"진심으로 한 말이야."

"응?"

"이수 씨는 나이는 어리지만 진짜 실력 있는 가수예요. 기회가 된다면 저도 만나서 꼭 한번 작업을 같이 해보고 싶은 친구죠."

같은 시각.

오디션이 진행이 되는 스튜디오 밖 출구에는 수가 모니터를 통해 진행 상황을 실시간으로 지켜보고 있었다.

앞서 수를 극찬하는 류희열의 발언이 끝나기가 무섭게 작가가 다가와서 물었다.

"류희열 심사위원의 칭찬을 어떻게 생각하세요?"

대한민국을 대표하는 프로듀서이자 작곡가의 류희열의 인정을 받았음에도 불구하고 수는 크게 기뻐하는 내색을 보이지 않았다.

"글쎄요."

"그게 다인지?"

"……"

수는 말을 아꼈다.

칭찬은 감사하나 자기에게 쏠리는 관심은 될 수 있으면 피하고 싶었다.

'이 오디션의 주인공은 현규가 되어야 해.'

조금 더 현규에게 포커스가 쏠리고 주목을 받았으면 하는 바람 때문이다.

다시 스튜디오로 넘어가면서 간주가 흘러나오고 현규가 노래를 시작했다.

곡은 앞서 수 앞에서 자신 있게 불렀던 포맨의 못해다.

첫 구절을 불렀을 뿐인데, 심사위원 세 사람의 표정이 싹 변했다.

이마의 주름이 싹 가시고, 현규가 노래하는 간절한 음색에 취해 깊게 몰입을 해버리고 만다.

'보나마나 합격이야.'

수는 더 볼 필요가 없다는 걸 느꼈다.

현규를 보고 갈까 했지만, 굳이 그러지 않아도 될 것 같단 생각에 몸을 돌렸다.

"자, 잠깐만요. 결과도 안 보시고 그냥 가시는 거예요?"

대기실을 나서는 수를 발견하곤 작가와 카메라맨이 허겁지겁 달려왔다.

"굳이 볼 필요 없으니까요."

"네?"

"축하한단 말 전해주세요."

수는 거기까지만 말을 하곤 TBS 방송국을 나섰다.

점점 쌀쌀해지는 날씨만큼 해가 짧아졌는데 사위가 벌써 어두컴컴했다.

지이잉!

때마침 휴대전화 진동이 울렸다.

금방 그치지 않고 지속적으로 울리는 걸로 보아 전화가 온 모양이다.

"어? 원성진 4단이잖아?"

진성화재배 8강 전 이후로 연락이 뜸했던 그에게서 걸려온 전화에 수가 반갑게 받았다.

"여보세요."

―이수 씨, 접니다.

"네, 안녕하세요. 잘 지내셨죠?"

―아뇨, 못 지냈습니다.

"네?"

―그때 차도 빌려줬는데, 왜 여자 안 소개시켜 줘요? 기다

리다가 지쳐서 제가 꼭 전화를 하게 만들어야 되겠어요?

"……."

다짜고짜 전화를 해선 여자를 소개시켜 달라며 성화인 원성진 4단에게 수는 그만 할 말을 잃고 말았다.

―농담이에요, 농담.

"아, 전 그만 진담인 줄……."

―진담 맞는데. 진담이라고 하면 추태 같아서 농담이라고 한 거예요.

"……."

어느 선까지가 장난이고 진담인지 분간이 어려운 수가 난감한 표정을 지었다.

"무슨 일로?"

―아! 내 정신 좀 봐. 내일 시간 돼요?

"내일이요? 별일은 없긴 한데."

―그러면 아침 10시까지 한국기원으로 와요. 재미있는 구경거리가 있거든요.

"구경거리요?"

이야기의 핵심은 다 자른 채 자기 위주로 떠들어대는 통에 정신이 없을 지경이다.

―한국바둑리그 선수 선발식이 있거든요. 올해부턴 지명선수도 사라지고, 한국기원 등재 프로 바둑기사라면 누구든

지명을 받을 수가 있어요.

"아, 그 말씀은……."

—궁금하지 않아요? 일개 초단인 당신한테 얼마나 많은 출전 팀이 배팅을 할지.

"……!"

수의 눈에 힘이 들어갔다.

2

수와 고은이 약속 시간에 맞춰서 한국기원을 찾았다.

초대를 받지도 않은 상황에서 기웃거려도 되나 우려스럽긴 했지만 원성진 4단이 자기 믿고 오라고 워낙 떠들어대는 터라 오긴 했다.

"왔으면 들어가지, 거기서 뭐 해요?"

약속시간 보다 조금 늦게 도착을 한 원성진 4단이 아는 척을 했다.

"먼저 들어가긴 아무래도 좀 그래서요."

"그럴 건 또 뭐래, 저 따라와요. 과연 올해는 누가 1지명으로 뽑히는지 보자고요."

앞장서는 원성진 4단의 뒤를 따라서 수와 고은이 한국기원 2층 대회장에서 한참 진행되는 선수 선발식에 들어갔다.

"어? 세 사람이 여긴 어쩐 일로 왔어요?"

많은 취재진 중에서 안면이 있는 김수진 기자가 다가와 인사를 건넸다.

"구경 가자고 해서……."

수가 힐끗 원성진 4단을 가리키며 말을 흐렸다.

오라고 해서 일단 오긴 했는데, 괜히 온 것 같아 후회하는 눈치였다.

"원성진 4단이다!"

각 팀의 몇몇 관계자와 취재진이 원성진 4단을 알아보았다.

"이래서 스타는 피곤하다니까."

"……."

마치 기다렸다는 듯이 기자들의 관심과 주목을 즐기는 원성진 4단의 태도에서 수와 고은은은 같은 생각을 가졌다.

'관심종자.'

뭔가 근사한 멘트를 준비해 온 듯 한껏 인터뷰에 열을 올리려는데 놀라운 일이 벌어졌다.

"어? 이수 초단이잖아?"

"정말이잖아. 이수 씨, 한국바둑리그 최고 다크호스로 떠올랐는데 어떻게 생각을 하세요?"

"제, 제가요?"

"들리는 소문으로는 한 팀에서 1지명으로 이수 씨를 지목한단 얘기도 솔솔 흘러나오고 있는데요."

"전 모르는 일입니다만……."

수는 당황을 금치 못했다.

얼떨결에 여기까지 오긴 했지만 큰 기대를 하고 온 건 절대 아니다.

'혹시라도 선발이 되면 어느 프로기사와 팀이 될까 궁금해서 온 것뿐인데, 갑자기 1지명이라니?'

수의 입장에선 능히 황당할 만했다.

각 팀들이 우선적으로 지명하는 1지망이다. 당연히 국내 정상급 바둑기사들일 수밖에 없다.

진성화재배에서 좋은 모습을 보여주었다지만 수는 아직 초단에 불과하다.

프로의 세계에서 단수는 상징적인 의미가 강하긴 했지만, 그렇다고 하더라도 쟁쟁한 강자들을 젖히고 수가 지목이 될 거라곤 생각되지 않았다.

그럼에도 불구하고 기자들 사이에서 말이 오르락내리락 할 정도면 참가 팀들의 수에 대한 관심이 지대한 건 어느 정도 사실인 셈이다.

"가고 싶은 팀이라도 있어요?"

"본인이 생각하기에 몇 지망으로 뽑힐 거 같나요?"

수에게 쏟아지는 취재진들을 보면서 원성진 4단이 인상을 팍 썼다.

"뭐야, 이건 내가 들러리가 된 기분이잖아."

주인공이 되어야 직성이 풀리는 그가 엑스트라로 전락을 했으니 기분이 좋을 수가 없었다.

"이제 곧 2014년 한국바둑리그 선수 선발식을 거행하겠습니다."

진행을 맡은 직원의 말에 수에게 몰려 있던 취재진들이 다시 각 팀의 감독과 관계자가 앉아 있는 테이블로 몰렸다.

"올해부터 한국바둑리그는 전면적으로 개편, 백지에서 출발을 합니다. 예선전을 없애고 보호 선수 제도도 철폐가 되었습니다."

작년까지만 하더라도 한국바둑리그에서 프로 바둑기사가 지명을 받기 위해선 조건이 매우 까다로웠다.

랭킹 시드에 든 40명과 예선을 거쳐서 선별된 프로 바둑기사만이 팀의 지명을 받을 수 있는 조건을 갖추게 됐다.

더구나 각 팀은 우선 지명 보호 선수를 2명까지 선택할 수 있어 전년도와 같은 기사를 보유하고 리그를 시작해 선수의 이동에서 벌어지는 재미 요소도 급감했다는 평가다.

그리하여 이번 개편을 통해 정규 리거 5명, 2부 리그 락스타 3명 등 각 팀 멤버 8명에 한국기원 소속 프로기사 291명

중 누구라도 선택이 가능해졌다.

"그 외에도 많은 개편이 있었습니다. 팀 단위로 수여되는 상금을 삭감한 대신, 승리 수당으로 전환을 했습니다. 또 속기 편향으로 인한 국제 성적 하락을 보완하기 위해 장고 바둑을 한 판에서 세 판으로 늘렸습니다."

내년에 있을 한국바둑리그에서 가장 큰 개편 요소는 바로 이 상금 배분 방식이다.

일 년 내내 벌어지는 단체 리그의 형태를 띠는 바둑리그는 팀의 성적도 중요하지만 프로기사 개인의 의욕 고취도 중요하다고 판단을 내렸다.

총상금 34억 중에서 팀 단위 상금을 3억에서 2억으로 대폭 축소하고, 대국에서 승리할 시 주어지는 상금을 400만으로 인상했다. 또 패배 시에 지급받는 상금 역시 70만 원으로 두 배 가까이 올랐다.

브리핑을 통해서 바뀐 상금 배분 방식을 보며 수는 깜짝 놀랐다.

'대략 한 주에 한 판씩 둬서 모두 이긴다고 가정을 하면 월 천이백을 버는 격이잖아?'

일반 회사원들은 상상도 못할 액수의 상금이다.

물론 꼭 이겨야 한다는 단서가 붙긴 했지만 프로기사는 손에서 바둑알을 놓을 때까지 경쟁을 해서 이겨야만 살아남을 수 있는 직장이다.

'이게 다가 아니야. 국내외 참여 가능한 기전도 십여 개가 넘어. 지도 바둑이나 공식 행사에 참여해서 받는 수당도 적지 않고.'

왜 부모들이 악착같이 자식들을 프로에 입단시키려고 하는지 조금은 이해가 갔다.

평생 피 말리는 경쟁에서 살아가는 건 불행한 일이지만 그래도 일반 회사원들이 꿈도 꿀 수 없는 큰돈을 벌 수 있기 때문이다.

'그나저나 나도 궁금하군. 과연 1지명으로 선발될 선수들은 누굴까?'

몇몇 떠오르는 프로기사가 있다.

신산 원성진 4단.

독사 최철한 9단.

아트 조한성 9단.

아마 이 세 사람은 어느 팀이든지 탐을 낼 만한 초강자이다. 단체전으로 진행되는 리그에서 팀에 가장 확실한 1승을 줄 수 있는 기량을 지닌 기사들임을 부정할 수 없다.

'나도 지명을 받을 수 있을까?'

수도 자못 궁금해졌다.

조치현 9단이나 취재진들은 많은 팀이 수를 주목하고 있다고 말했으나, 수는 그 얘기에 크게 귀를 기울이지 않았다.

'뚜껑은 열어봐야 아는 거지.'

김칫국은 마시지 않는다. 이제 선발전이 시작되면 알 수 있기 때문이다.

"지금부터 선발전을 시작하겠습니다. 사전 추첨을 통해 1지망 1순번으로 선발을 할 팀은 올해 첫 참가를 한 벽산건설 팀입니다. 감독 진인수 9단은 일 분 내로 선발 선수를 지명해 주시기 바랍니다."

벽산건설은 대한민국에서 알아주는 메이커 아파트의 시공사다.

국내뿐만 아니라 해외에서의 건축 활동도 활발하게 진행 중인 벽산건설 측은 8팀에서 10팀으로 늘어난 바둑리그에 새롭게 참가한 신생팀이다.

"누가 지명될 거 같아요?"

고은은도 흥미로운 표정을 보이며 관심을 보였다.

워낙 중국 바둑과 한국 바둑은 국제기전으로 자주 만나다 보니 그녀도 1지명에 선발될 만한 프로기사들의 이름은 익히 알고 있었다.

"최근 성적이나 기세로 봐도 원성진 4단이 유력하지 않을까요?"

"저도요. 좀 시끄러운 분이긴 하지만 원성진 4단 아니면 조한성 9단이 제일 유력해 보여요."

"풉."

수는 그만 참지 못하고 웃음을 터뜨렸다. 원성진 4단을 가리켜 시끄럽다고 표현을 한 고은은의 비유법이 너무 적절한 까닭이다.

"일 분이 지났습니다. 벽산건설 팀 1지명을 해주시길 바랍니다."

관계자와 머리를 맞대고 고심을 거듭하던 진인수 9단이 결정을 내린 듯 마이크를 잡았다.

"아, 피곤해. 보나마나 또 나를 지목하겠지."

원성진 4단이 거만하게 짝다리를 짚곤 자신의 이름이 불리기를 기다릴 때였다.

마이크를 쥐고 있던 진인수 9단의 입에서 상상도 못했던 이름이 언급됐다.

"이수 초단을 1지명으로 하겠습니다."

"……!"

좌중이 술렁거리기 시작했다.

수는 믿기지 않는 듯 멍했다.

귀로 똑똑히 듣고도 부정을 할 수 없을 만큼 뜻밖의 일이다.

'내, 내가 1지명이라고?'

쟁쟁한 강자들을 뒤로하고 벽산건설이 갓 입단한 초단 이수를 1지명으로 지목한 것이다.

　한국바둑리그 역사상 전무후무한 일이 지금 벌어지고 있었다.

『내일을 향해 쏴라』 9권에 계속…

안녕하세요, 김형석입니다.

고은은과 수가 드디어 연인이 되었습니다. 그러다 보니 본의 아니게 낯간지럽고 낯 뜨거운 장면들이 다수 들어가 있네요.

좀 더 애틋한 이야기를 쓰고 싶었는데, 감수성이 메마른 까닭인지 잘 안 됐습니다. 새삼 필력의 부족을 깨닫고 좌절하게 됐네요.

8권에서 수가 부르는 곡은 가수 JK김동욱 님이 부르신 미련한 사랑입니다. 2002년도에 방영이 되었던 드라마 위기의 남자 OST이기도 하죠.

극 중에는 김강진의 작곡 노트에서 영감을 얻어 수가 편곡과 개사를 하였다고 했으나 실존하는 곡임을 밝히는 바입니다.

사실 제가 직접 가사를 적을까 했으나, 독자 분들이 아는 노래와 그렇지 않은 노래의 갭이 클 거라고 느껴져 극과 엮어서 활용을 하게 되었습니다.

이제 수는 본격적으로 프로 바둑기사로 활동을 시작합니다.

더불어 중국판 나는 가수다에도 출연을 하게 되죠.

그간 지지부진하게 느낄 수 있었던 행보에 조금은 속도가 붙지 않을까 싶네요.

승승장구하는 수의 앞길에 독자분들도 편승하여 즐거운 시간을 보내주셨으면 합니다.

감사합니다.

데일리 히어로

FUSION FANTASTIC STORY

인기영 장편 소설

지금까지 이런 영웅은 없었다!

『데일리 히어로』

꿈과 이상을 가진 평.범.한. 고딩 유지웅.
하지만⋯⋯
현실은 '빵 셔틀' 일 뿐.

그러던 어느 날, 유지웅의 앞에 나타난 고양이.
그(?)로 인해 모든 것이 바뀌었다.

선행! 선행! 그리고 또 선행!

데일리 히어로 유지웅의 선행 쌓기 프로젝트!

Book Publishing CHUNGEORAM

유행이 아닌 자유추구
WWW. chungeoram.com

용마검전

FANTASY FRONTIER SPIRIT

김재한 판타지 장편 소설

「폭염의 용제」, 「성운을 먹는 자」의 작가 김재한!
또다시 새로운 신화를 완성하다!

『용마검전』

사악한 용마족의 왕 아테인을 쓰러뜨리고
용마전쟁을 끝낸 용사 아젤!

그러나 그 대가로 받은 것은 죽음에 이르는 저주.
아젤은 저주를 풀기 위해 기나긴 잠에 빠져든다.

그로부터 220년 후……

긴 잠에서 깨어난 아젤이 본 것은
인간과 용마족이 더불어 살아가는 새로운 세상이었다.

Book Publishing CHUNGEORAM

유 분이 아닌 자유추구
WWW.chungeoram.com

연재 사이트 베스트 1위!
어디에서도 볼 수 없었던 천재 의사가 온다!

『메디컬 환생』

언제나 실패만 거듭해 온 의사 진현,
그런 그에게 찾아온 인연의 끈이 있었으니.

"다시 삶을 살면… 어떤 삶을 살고 싶으신가요?"

다시 한 번 주어진 인생
이번엔 반드시 성공하리라!